「もしイカサマを見破ったら、
その時点であたしの勝ちってことでいいね？」
「あんたみたいな小娘に
イカサマするほど耄碌しちゃいないさ」
「イカサマする
みんなそう言うさ」
《闇ギルドのボス》
ヴィンゼンド
《悪役令嬢》
キリハレーネ
JN014108

「止めた方がいいですよ？
そんなことをすれば、
この王都がどうなるか」

《主人公》
ユリアナ
ニコニコ笑ってユリアナが取り出したのは、
何処か物騒な雰囲気を漂わす
魔法陣の描かれた符だった。
なんらかの魔法を発動させるための
起動符のようだった。

CONTENTS

悪役令嬢になった ウチのお嬢様が ヤクザ令嬢だった件。

2

著／翅田大介
絵：珠梨やすゆき

第三十三話　キリハ暗殺指令

「……これはこれは今をときめくユリアナお嬢様。今日はあたくしに何の御用で？」

「この女を殺して欲しいのよ」

何処(どこ)とも知れぬ暗闇の中で、ユリアナは一通の封筒を差し出した。

ユリアナに応対する男は渡された封筒をさっそく改めると、その内容に眉を顰(しか)めた。

「……いま話題の竜騎士様についての資料のようですが？」

「ええ。キリハレーネ・ヴィラ・グランディアを殺して頂戴」

「……高いですよ？　なんせ紅蓮竜(ガーネット・ドラゴン)を従えている相手です」

「殺すだけなら何とでも出来るでしょ？」

「それはそうです。我々はそういう仕事をしていますから」

ユリアナが相対しているのは、王都の裏社会に潜む男だ。

その中でもこの男は、暗殺の仲介を生業としている危険な人物だった。

「しかしながら、彼女自身もかなり腕が立つと伺っています。そのような人物を殺し、さらに司法の手から逃れる努力は一般人とは比較になりません。そちらも考慮してもらわないと」

「……あんな女のために金を使うのは業腹だけど、やむを得ないわね」

ユリアナは舌打ちするとジャラリと音のする袋を男へ投げつけた。

男は袋の中身を確認する。ぎっしりと金貨が詰まっている。人間一人二人と言わず、十人くらいまでなら喜んで殺す者が出てくるだけの額だ。

「……ひひっ。今度はどこのどなたから搾り取ったのですか？」

「どこかの子爵閣下だったかしら？　奥さんと娘を売っぱらってお金を作ってくれた素敵なお方だったわ」

「……ひひひっ。あたくしも阿漕(あこぎ)な事をしていますが、ユリアナお嬢様には敵(かな)いませんな」

「何を言っているの？　これくらい皆やっていることでしょ？」

ユリアナは不思議そうな顔をして目をパチクリさせた。

「みんな他人を踏み台にして幸せになっているわ。わたしが他人を踏み台にして幸せになることに何の問題があるの？」

「…………ひひっ。ユリアナお嬢様にはほんとうに敵いませんな」

男は卑しい笑みを浮かべながら金貨の詰まった袋を懐に収めた。

人を殺して財貨を得るのが男の仕事だが、彼はそのことに対して罪悪感はない。ユリアナの言う通り、皆がやっていることだと開き直っている。

だからこそ、彼はユリアナと取引していた。

彼女は自分と同類だからだ。

「しかし、わざわざ殺す必要があるので？　触らぬ神に祟(たた)りなしという言葉もあります。厄介な相手なら無視をして、勝手に自分だけで楽しめばよろしいではありませんか？」

「はぁ？　何でわたしの邪魔をした女がのうのうと生きていることに堪えなくちゃならないの？　あんた、自分の部屋にゴキブリが出たら放っておく？　害虫を駆除しなきゃ、安心して熟睡できないじゃない」

「……これはこれは、くだらない質問をいたしました」

男は慇懃(いんぎん)に謝って頭を垂れた。
やはり、この女は自分の同類だ。
自分と同じ——人間のクズだ。

第三十四話　反吐（へど）を催す刺客

「冒険者キリハ様。あなたをＢ級冒険者に昇格させていただきます」

王都冒険者ギルドの名物受付嬢、クール系猫耳美女のリリサの言葉に、ギルドに詰めかけていた冒険者たちが興奮の声を上げた。

キリハが冒険者登録してから約一ヶ月半。初心者であるＦ級からたった一ヶ月ちょっとでベテラン中のベテランと言えるＢ級に昇格する例は滅多にない。ほとんど最速記録と言っていいだろう。

「一部ではＡ級に昇格させようという意見もあったのですが……」

「それはあいつにやってくれ」

銀色の認識票を受け取ったキリハがくいっくいっと顎で示した方角には、ギルドに併設された酒場でハムスターみたいに頬を膨らませるヒエンがいた。

「うん？　何か言ったか、姐御？」

「ヒエン、あんたもこういう身分証が欲しいかい？」

「身分証？　そんな物はいらないな。我が何者なのかは我と姐御だけが知っていればいい。しかし、人間は面白いな。わざわざ名札を付けなければ個体が特定できないとは」

「人間は忘れっぽいからね。今朝何を食ったかさえ忘れっちまう奴が多いのさ」

「人間はほんとうにけったいな生き物だな！　我だったら食べ物の味は絶対に忘れないのにな！」

ヒエンはすぐに目の前のご馳走に向き直った。

少女と竜の主従のやり取りを見ていたリリサは、ぐったりと重々しい溜め息を漏らした。

「……紅蓮竜はSクラスオーバーの魔物です。その紅蓮竜を従えているキリハさんはSランクの戦力を有しているということになるのですが……」

「あたしはヒエンを従えてるわけじゃない。ヒエンがあたしに従っているだけだ。あいつをアテにしてあたしに便宜を図るのは筋違いだよ」

「……分かっています。分かっていますから敢えてB級に留めたんです。けれどキリハさんを

Ａ級なりＳ級なりにしろという意見も多いんです」

「ははぁん？　だからギルドマスターが居ないのか」

キリハが確認すると、リリサが溜め息混じりに頷いた。

冒険者の等級が上がるとバックアップも充実してくるが、その分課せられる責任もそれ相応になってくる。紅蓮竜を従えるキリハを上手く使いたいと、彼女に上級冒険者という地位を与えて縛りつけようという意見が出るのは当然だった。

「そういうのが嫌だから、国王陛下からの爵位も断ったんだ」

「幸いにも国王陛下が理解を示してくださっているようなので、ギルドマスターも助かっています。キリハさんを冒険者の指名依頼という名目で使い倒そうという方々が多いのですが、ギルドマスターはそういった方々に対して忠告をして回っています。陛下からの爵位を突っ返すような冒険者を顎で使えると思うと大火傷をするぞ、と」

「管理職は大変だねぇ」

「……どの口が言うんですか。わたし、キリハさんに何度も何度も『大人しく無難に普通の冒険者稼業をして下さい』って言ってますよね？　なのに何でいつもいつも大事にしてしまうんですか!?」

「それってあたしのせいなのかねぇ？」

「ともかく、なるべく騒ぎは起こさず、ごく普通の冒険者らしく過ごして下さいね……じゃあ、わたしは書類仕事がありますので」


去っていくリリサを送り見ると、キリハは視線を移動させた。

ギルドの酒場では、ヒエンが冒険者たちと一緒に乾杯していた。最初はヒエンを怖がっていた冒険者たちだったが、今はもう怖がるだけ無駄だと開き直ったらしい。このあたりは明日の命も知れぬ、自由人の冒険者らしい感覚だ。


「普通の冒険者、ねぇ」


キリハは苦笑し、自分を歓迎する冒険者たちの輪の中へ加わった。

そして強か(したた)に飲んで騒いで食い散らかすと、ヒエンとともに学園への帰路に就いた。


「人間は随分と不自由な生き物だと思ったが、付き合ってみれば楽しい連中だな」

「人間、ああいう気のいい連中ばかりじゃないけどね」

「それは分かっている。ドラゴンにも気のいい奴とムカつく奴がいるからな。どんな生き物でもそれは同じだろう」

「分かってるならいいさ」

すでに深夜で人通りも少なくなった通りを歩くキリハとヒエン。

と、キリハは突然、腰に佩いた刀を鞘ごと引き抜いてブン回す。派手な打撃音がして、キリハに忍び寄っていた黒尽くめの男がひっくり返った。

「ま、こういう輩も湧いて出るからね」

キリハの一撃を食らった男の手には黒塗りの匕首が握られていた。

如何にもな暗殺者だ。

「さて、あたしを殺そうとしてたらしいが、いったい誰に頼まれたのかな？」

「…………」

男はキリハの問いに答えず建物の暗がりへ身を翻そうとしたが、それを許すキリハではない。

飛び込みざまに抜刀した刃が、襲撃者の右足を切断する。

「がっ、あっ……！」

「もう深夜だから大声は近所迷惑だよ」

男の首を踏み締めて悲鳴を封じると、キリハはとんとんと刀の峰で肩を叩いた。

「ま、手慣れた動きを見るにそれなりの鉄砲玉みたいだね。拷問は無駄だろうからこれで勘弁してやるよ」

キリハはそう言うと、そのまま男の首をゴキリと踏み砕く。

絶命した暗殺者から足を退け、キリハは靴の裏を地面にこすり付けて血を拭った。

「行くぞ、ヒエン」

「あれはあのままでいいのか？」

「こういうのには見届人がいるだろうからそいつが回収するさ。それとも何かい、もしかして食べたいのか？」

「まさか。いくらでも美味いものがあるのに、わざわざ人間なんて食べる気にはならないな」

「なら行くよ。明日は巨大蛙狩りに行かなきゃならないからね。舌が絶品らしいよ」

「それは楽しみだ！」


そして学園の寮に帰ったキリハが、お留守番のジェラルドに報告すると、

「……というわけで暗殺されかけた」

「なんでそんな平然としてるんですか!?」


もはや条件反射みたいなジェラルドの悲鳴が上がった。

うつらうつらするヒエンを膝の上に乗っけて温かいミルクを飲んでいたキリハは、箸が転んでも突っ込むお年頃らしい執事に「うん？」と小首を傾げた。


「慌てるようなことか？」

「……だって暗殺されかけたんでしょ？」

「ああ」

「……暗殺されかけたんでしょ？」

「うん」

「だったら慌てるでしょ普通!?　悲鳴の一つだって上げるでしょ!?」

「何で暗殺くらいで慌てなきゃならないんだ」

ホットミルクに息を吹きかけながら、キリハは『情緒不安定だな。生理か？』と言いたげな顔をジェラルドに向けた。

「鉄砲玉が襲ってくるなんてよくあることだ。時々出るが、慌てるもんじゃない」

平然としてミルクを飲むキリハに、ジェラルドは次の言葉が出てこない。

ここら辺は、さすがは仁義なき戦いに明け暮れた女傑の貫禄というべきか。令嬢らしく絹裂くような悲鳴を上げて驚くなど、あまりに無茶な要求であろう。

「最初に来るのは下っ端だから、取り敢えずは片っ端からぶった斬ればいい。その内に裏事情を知る人間が出張らなきゃならなくなるだろ。慌てるのは二、三十人くらい殺ってからでも遅くはないさ」

「…………」

「じゃ、明日もあるからお休み」

ミルクを飲み干しヒエンを小脇に抱えて寝室へ去るキリハを見送るジェラルドは、改めて彼女が鉄火場に慣れ親しんだ人間なのだと悟らざるを得なかった。

金髪ドリルをたなびかせながら、血腥(ちなまぐさ)い選択を当然のようにやってのける悪役令嬢……。

「う、うう……胃がしくしくする……」

これから二、三十人も死体が積み上がるのかと思うと、胃薬を流し込んでストレスに耐えなくてはならないジェラルドであった。

※　※　※

……そして翌日の朝。

キリハはヒエンを伴って冒険者ギルドへ向かっていた。

「うむ！　良い天気だな！　蛙狩り日和だ！」

「そうだねぇ。じっとり湿ってて雨が降りそうで、実に蛙が喜びそうだ」

「我は蛙を食べたことがないから楽しみだ！」

巨大蛙の味を予想してウキウキしながら歩いていると、キリハがぴくりと片眉を上げた。

「ふぅん？　昨日の今日でもうおかわりが来たか」

「刺客か？」

「みたいだねぇ。こんな朝の往来でよくもまぁ」

背後から寄ってくる殺気を感知したキリハがそろりと刀の柄に手を伸ばす。

昨日のようにぶん殴ろうと振り返り——目を見張って動きを止めた。

「うわぁぁあああああああっ!!」

「ちっ……」

鞘でナイフをはたき落とし、キリハにしてはとても遅い、優しいとさえ言える蹴りを襲撃者に放った。

悲鳴のような叫びを上げて襲い掛かってきた刺客の小さな身体が地面を転がる。

「……ちっ。なるほどこうくるか。胸クソが悪くなるね」

「う、うう……」

キリハは舌打ちした。

彼女に襲い掛かった刺客は、粗末な服を着た、まだ十歳程度の少年だった。

「……反吐が出る」

年端もいかない子供が鉄砲玉にされた現実に、キリハは苛立(いらだ)たしい舌打ちをくり返した。

第三十五話　人喰(ひとく)いの獣よりおぞましい

「……また来たのか」


冒険者業の帰り道で、キリハはうんざりした声を漏らした。

彼女の視線の先には、切羽詰まった顔でナイフを構える少年がいた。

最初に襲われてから一週間、この少年は何度返り討ちにしても性懲りもなくキリハを殺そうと襲い掛かってきた。時には一日に二度、三度と襲われたこともある。現に今日も、この少年とは朝に顔を合わせたばかりだ。

十歳そこそこの少年が凶器を握り締めて顔を強張(こわば)らせている……これには荒事慣れしたキリハも、さすがに顔を顰めざるを得なかった。


「あ、あんたを殺せばお金がもらえるんだ！　みんな飢えなくてすむんだ！」

「……そうかい」

「うわぁぁあああああああっ!!」

少年が突っ込んでくる。

キリハはうんざりした表情のまま、それでも動きだけは滑らかに少年の手からナイフを叩き落とし、足を掬って彼を地面にすっ転がした。

「うがっ……」

「まったく……ほんとうに胸クソがわ――ッ!?」

気が落ち込んだキリハだったが、背後から迫る殺気に気付き顔を強張らせて振り向いた。

彼女の目に、別の少年がナイフを手に突っ込んでくる姿が映り込んだ。

「ちっ――くしょう!!」

「ぎゃんっ!?」

ほとんど至近距離だったので、手加減する余裕がなかった。

キリハの裏拳が少年の横顔を叩くと、その軽い身体が派手にバウンドしながら転がっていく。

「ああっ!!? ギダル!!? しっかりしろギダル!?」

「ううっ……カイン兄ちゃん……痛いよぅ……」


最初に現れた少年が、ふっ飛ばされた少年へ慌てて駆け寄る。

ギダルという名らしい少年は、骨こそ折れていないが全身を強く打って血も流れていた。最初に現れたカイン少年を兄と呼んで泣き縋っている。

似たような格好をしているが、兄弟のようには見えない。きっとなんらかのコミュニティーの兄貴分と弟分なのだろう。


「……ちっ。ほんとうに胸クソ悪いね」


なんとか直前で力を抜いたとはいえ、子供を殴り飛ばした感覚が手に残っている。キリハはそのおぞましい感覚を振り払うように拳を拭った。

だがそれ以上におぞましいのは、こんな子供たちを刺客に仕立てたどこかの馬鹿だ。

キリハも前世では裏街道で生きてきた人間だ。自分の手で人を殺してきたし、顎をしゃくって部下に始末させたことも数知れない。

そんなキリハであっても、非力で幼い子供に凶器を持たせて人殺しをさせるなど、あまりの不快さに反吐が出る。便所のネズミだって鼻を抓むだろう。

キリハは頭を振って彼らに近寄った。ギダルを抱えるカインが精一杯の厳しい顔をして睨み付けてくる。

「……ほれ。使ってやりな」

キリハは腰のポーチからポーション瓶を取り出してカインへ投げ渡した。ここ最近、胃薬の調合が趣味になったジェラルドが副産物で作った回復薬だ。

投げ渡されたポーション瓶を慌てて受け取り、カインがもの問いたげな顔をする。

「……何のつもりだ」

「そりゃこっちのセリフだ。あんたはその子の『兄貴』なんだろ？　なのに弟分をこんな危険な目に合わせて、いったい何のつもりなんだい？」

「……お前なんかに分かるもんか!!　オレたちみたいなガキが食ってくためにどれだけ苦労してるか、お前なんかに分かるもんか!!」

「分かるさ」

「っ……」

「分かるさ。あんたみたいなガキをたくさん見てきたからね。大人が信じられないってのはよぉく分かるさ」

「………」

「だが、あんただって分かってるだろ？　あんたたちがもらえる見返りは人殺しに到底見合わないものだ。ただ利用されてるだけだって分かってるだろ？　あんたたちが心底嫌ってる、身勝手な大人にね」

「……だったら、どうしろっていうんだ……！」

「分かってるはずだよ？　弟分のために身体を張れるんならね」

キリハはそう言って、彼らの横を通り過ぎた。

カイン少年の視線を背に受け、キリハはひっそりと嘆息した。

「まったく……ほんとうに胸糞が悪い」

※　※　※

それから二日。

さすがにカインも懲りたのか、キリハを襲っては来なかった。だが視線は感じる。何処からか隙を狙ってはいるようだ。

「まったく……ほんとうに胸糞が悪い」

「あの子供か、姐御？」

下町の食堂で食事をするキリハとヒエンだったが、なかなか食事に手を付けないキリハに、ヒエンが小首を傾げる。

「助けてやらないのか？」

「助けて欲しいって言われてないからね」

「……やはり、姐御は面白い」

ヒエンが笑った。

風のように自由かと思えば、大地のように泰然自若としている。かと思えばつまらないことでイラつき、自分の心情と信条の間で動くことを自重する。

器が大きいのか小さいのか、心が広いのか狭いのか。

分かりやすそうで分かりにくい——そんな難解さが、いまのヒエンには何より興味深い。人間風に言うのなら……そう、ヒエンにとって、キリハは何とも味わい深い人間だった。

「遅れてすみません……ご注文の品です」

「うん？　もう全部来たと思ったが？」

給仕の少女がトレイに食べ物を載せてやってきた。

ヒエンは自分ではなくキリハが何か注文でもしたのかと思って主を見やったが、彼女は給仕の少女をじっと見つめていた。

「……もらおうか」

「は、はい。こちらになります……」

「そっちじゃない。トレイの上じゃなくて下に隠してるものだ」

「ッ!?」

少女がびくりと身体を震わす。

怯(おび)えた顔をする幼い少女に、キリハは静かな瞳をじっと向けている。

「何もしないよ。ただ、そんな無粋なものはあたしが預かっとくから、素直に出しな」

「…………はい……」

少女がトレイの下に隠した手を見せると、そこにはここ最近見慣れた粗末なナイフが握られていた。

キリハは少女の手からひょいとナイフを取り上げると、代わりに銀貨を少女の手に握らせた。

驚く少女に、キリハは優しく笑い掛ける。

「また誰かにナイフを渡されたら、あたしの所へ持ってきなさい。あたしがそのお駄賃以上の値段で買い取るからね」

「…………はい」

「可愛(かわい)い盛りの女の子なら、ナイフよりリボンの一つでも買いな。ナイフなんて振り回しても、女振りを下げるだけだよ?」

「…………はい」

「うん。もう行きな」

「……はい」

少女は銀貨を握り締めて去っていった。

取り上げたナイフをさり気なく手荷物の中に紛れ込ませ、キリハは食事を再開した。店の中にはそこそこの客がいるが、誰もキリハが暗殺されかけたことなど気が付いていない。

「……やはり、姐御は面白い」

紅蓮竜は無邪気に笑った。

※　※　※

「…………来たか」

下町の食堂で幼い少女からナイフを取り上げた翌日。

仕事もせず適当な空き地で寝っ転がって空を眺めていたキリハは、小さな足音を聞いて身を起こした。

近付いてくるのは、キリハを狙っていたカイン少年だった。

「…………ニアのこと、礼を言う」

「ニア？　ああ、あの食堂であたしにプレゼントをくれた女の子か」

「……殺さないでくれて、感謝する」

「誰が殺すか。あんな女の子を」

キリハは機嫌悪そうに吐き捨てた。

ニアという女の子は、目の前のカインより年下だった。せいぜい七歳か八歳だろう。小学校低学年の年頃の女の子を殺すなんて、そんな胸糞の悪くなることは御免だった。

「…………」

「…………」

カインは、今日は何も持ってきていなかった。徒手空拳で、じっとキリハを見つめている。

キリハもカインを見つめ返す。

カインはじっとキリハを観察している。野良猫が人間を観察するような目だ。

いま、彼は必死にキリハを推し量っている。

だから、キリハは瞬きもせず見つめ返す。

眼と眼の語り合いは、たっぷり十分は掛かっただろうか。

先に視線を逸したのは、カインの方だった。

彼はゆっくりと跪くと、キリハに対して頭を下げて土下座した。


「……お願いです。オレを……オレたちを助けてぐだ、ざい……ッ！」

「ああ、もちろんだとも」


キリハは即答すると、ぽんぽんとカインの頭を撫でてやる。

「一端の『男』が、頭を下げたんだ。『男』の頭は、決して安くはないからね」

押し殺した泣き声が漏れ出す。

この涙に見合った報いをくれてやろうと、キリハは子供たちにナイフを握らせたクズに対して怒りを燃え上がらせた。

第三十六話　その幻想（乙女ゲー）を破壊する！

ヴィラルド王国には国教は定められていない。宗教の自由というより、この大陸ではほぼ一つの宗教が大勢を占めているのでいちいち定める必要がないからだが。

大陸最大の宗教団体『慈神教団』は、この大陸を見守る慈愛の神を崇め、人々を慈しみ癒やしを与えることを使命としている。

「慈愛の神ジェヘラザール・アイ・ルールドよ。我々に救いを……」

ヴィラルド王国の下町に存在する粗末な教会で、一人しかいない司祭が礼拝所で女神像に向かって祈りを捧げていた。

下町で炊き出しを行い、貧民街のストリートチルドレンにも施しを欠かさない彼は、聖職者の鑑として知られる名司祭だ。祈りの姿も、実に堂に入った姿である。

司祭が祈りを捧げる礼拝所の扉がギイィと軋みを上げた。司祭が振り向くと、一人の女性が入ってきた。

丁寧にセットされた金髪の巻き毛が印象的な、一見して貴族令嬢と分かる十代後半の少女だった。背後には執事が付き従っている。

「これはこれはお嬢様。こんな粗末な教会に何の御用でしょうか？」

「ええ、この教会に聖職者の鑑と噂の司祭様がいると聞き、是非にお会いしたいと思って伺いました」

「それはそれは。ならばガッカリしたでしょう。噂の人物がこんな貧相な男では」

「いえいえ、とんでもありません。噂以上の方だと感心しております」

「綺麗なお嬢様に褒められると照れますな」

「ええ、本当に感心しています。わたしがキリハレーネ・ヴィラ・グランディアと知ってもまったく顔に出さない胆力には」

瞬間、キリハから殺気が噴き上がる。

司祭は温厚な表情を脱ぎ去り、驚異的な身体能力で飛び上がった。一目散に教会の裏口から脱出しようとするが、

「がぁぁあああっっ!?」

「ここは通行止め、だ！」

ふっ飛んできた裏口のドアにふっ飛ばされた。

ドアを蹴り飛ばしたヒエンが、ニコニコしながら入ってくる。

「ぐ、ぐぬぬ……」

「アンタが『ハーメルン』の構成員か。貧民街の孤児を使って暗殺を行うクソ野郎だってな？」

「貴様……いったいどうやって私まで!?　ガキどもにはまったくの第三者を使って命令している！　私まで辿り着けるはずがない!!」

「その第三者が利用できる孤児を見繕うのが巧すぎたからな。事前に下調べをしていたのは察しが付く。アンタがやってた炊き出しや孤児への施しは、使えそうな子供を見繕う下調べってワケだ。なるほど、聖職者なら怪しまれないよな」

「そ、それだけで……」

「もちろん、それだけじゃ決定打にはならない。後はハッタリ、だな」

「あの殺気がハッタリだと!?　貴様は司祭に対して証拠もないのにあんな真似をしたのか!?」

「あたしは正義の味方じゃない。それに宗教家とは、あたしも散々やりあってきたからね」

神様をお題目にした連中は、極道よりもタチが悪い。

キリハも前世では、自分たちのシマで『幸福になる浄水器』とか『ガンが治る聖なるケイ素水』を売っていた似非宗教の連中とドンパチを繰り広げていたものだ。

「というわけで『ハーメルン』さん。アンタの仲間の居所を教えてくれるかな？」

「……無駄だ。『ハーメルン』は私以外にもたくさんいる。そのすべてを調べ上げて潰すなど不可能だぞ？　そもそも、お前のような小娘に私が口を開くと思うか？」

「そうか！　そうだよな！　そうでなくちゃ面白くない！」

薄ら笑いを浮かべた司祭の挑発に、キリハは満面の笑みで応えた。

怪訝な顔をする司祭に、キリハはことさらにニコニコと笑い掛ける。

「あたしもけっこう頭にきててね。久しぶりにクズの悲鳴を聞いてスッキリしたいと思っていたんだ。いやあ、アンタが覚悟を決めたクズで嬉しいよ」

「な、なっ……」

「それじゃあ、さっそく始めようか。ジェラルド、そいつを押さえ付けてくれ」

「……念のために、これから何をするか聞いてもいいですか？」

「ジェラルドは尿道結石って患ったことはあるか？」

「は？　いえ、ないですけど……」

「部下に患った奴がいたんだが、地獄の痛みだって言ってた。自殺志願者も泣いて謝るレベルだってな。大の大人が子供みたいに泣き喚いていた……んでもって司祭様？　アンタは尿道結石を患ったことはあるかな？」


そう言って、キリハは袖口から竹串を取り出した。

なんの変哲もない竹串である。屋台の串焼き屋などでよく見る、実にありふれた竹串だ。

だが、その平凡な竹串が、今は他のどんな拷問器具よりも凶々しく見える。

「安心しろ。あたしだっていきなり太いのから始めるような鬼畜じゃない。一番細いのから慣らしていこうな？」

「あ、あなたは悪魔ですか!?」

ジェラルドが青い顔をして叫ぶ。

肝心の司祭の方は、これから自分に襲い掛かる未来を予想してしまって言葉も出ない。

……十分後。

下町の教会から、不満顔のキリハと、顔を青褪めさせたジェラルドとヒエンが出てきた。

「……我、これから牛乳とレモンを欠かさないようにする。尿道結石怖い……」

最強の戦闘力を誇る紅蓮竜も、尿道結石の痛みは一生経験したくないようだ。暴飲暴食甚だしいドラゴンは、初めて感じる恐怖でブルブルと全身を震わしていた。

そしてジェラルドは、ぶつぶつとノイローゼを患ったように何事かを呟いている。

「……あんな拷問、ぜったいに、ぜったいに、ぜったいに乙女ゲームの世界でやっていいことじゃない……」

「あんたが生ぬるい世界にするもんだから、あのクズ司祭め、最初の一本目でギブアップだ。これじゃあ不完全燃焼だよ。せっかく割り箸だって用意したのに……」

「やめて！　竹串でも十分にやばかったからやめて！　あんな地獄絵図を思い出させないで！う、うう……ううううう……ッ!!」

胃を押さえたジェラルドは、懐からポーションを取り出すと、ぐいっと一気飲みした。スポーツドリンクでも飲んでいるようだったが、中身は彼謹製の胃薬ポーションである。

「あ、ああ〜……胃液が収まるぅぅ〜〜」

「ほれ、馬鹿やってないで行くぞ。さっさと終わらせたいんだからね」

胃薬でトリップする執事の尻を叩き、キリハは司祭から聞き出した次の目的地へ向かった。

第三十七話　俺の〇〇を賭ける！

王都の裏社会を牛耳るのは『鎖の蛇』と呼ばれる闇ギルドだった。

現在『鎖の蛇』のボスを務めるのはヴィンゼンド・グラーダという男だった。歳は二十歳そこそこ。先代から頭目の地位を継いだばかりだが、すでに裏社会のボスらしい危険な香りを漂わす伊達男である。

ヴィンゼンドは定まった拠点を持たない。常に数箇所の隠れ家を転々とし、その隠れ家もひと月毎に更新されては廃棄される。

今夜の彼が身体を休めるのは、町外れの幽霊屋敷の如き建物だった。もっとも幽霊屋敷なのは外観だけで、中は高級ホテルのように整っている。

夜も更けてそろそろ床に就こうとしたヴィンゼンドは、階下が騒がしくなっているのに気付いた。すわ敵対組織の鉄砲玉かと剣を手に取って、襲撃者がやってくるのを待ち構えた。

――コンコン。

蹴破られるかと思った扉が軽くノックされる。

訝しげな顔をしたヴィンゼンドだが、拒否する理由もないので入室の許可を出す。

入ってきたのは、薔薇のように艶やかな美少女だった。もちろん、美しさに比例したトゲをたっぷりと生やしている。


「邪魔するよ」

「……キリハレーネ・グランディアか」

「貴族号を付けなよ。平民が『ヴィラ』を略すのは無礼だろ？」

「アポもなく飛び込んできた人間に対する礼もないと思うが？」

「しらばっくれるなよ。あたしが殴り込んでくるのは予想してたろ？」

キリハは鼻で笑うと、悠々とヴィンゼンドの執務室に踏み込んできた。キョロキョロと部屋を見回し、どこか残念そうな顔をした。

「酒はないようだね」

「下戸でね。酒より茶の方が好きだ」

「そうかい。裏組織の大ボスの部屋だ。ちょっと期待してたんだけどね」

「やめてください。あなたは一応未成年でしょうが」

キリハに遅れ、執事服の男が入ってきた。

ヴィンゼンドはじろりとキリハを睨んだ。

「……意外だな。噂の紅蓮竜を連れてこなかったのか？」

「置いてきた。あたしは取り引きに来たんでね。あいつを連れてきたら脅迫になっちまうだろ？　あたしはフェアな勝負が信条でね」

「それは奇特な心掛けだな」

他愛のないお喋り（しゃべ）をしていると、ヴィンゼンドの部下たちがよろよろと部屋にやってきた。

青痣（あおあざ）の痛みに顔を顰めながらも、彼らは深夜の闖入者（ちんにゅうしゃ）を睨み付けた。

「……ボス。逃げてください。ここはオレたちが……」

「やめとけ。無駄死にすることはない。お前たちを殺そうと思えば殺せたはずだ。それをしなかったということは、こちらのお嬢様は話し合いがお望みということだ。挨拶された程度で死ぬこたぁない」

「……了解しました」

部下たちは頷いて壁際に下がる。

キリハが感心した声を出した。

「大したもんだ。部下に慕われてるし、部下を掌握している。若いのになかなかの御仁だ」

「あんたに若さ云々を言われたかないな……それで、いったい何の用かな？」

「分かってるだろ？　あたしへの暗殺をやめさせて欲しい」

「そうだな、やはりそうだろうな」

この少女への暗殺依頼があったのは勿論知っている。暗殺専門の『ハーメルン』が動いているのも。

『ハーメルン』はしぶとい組織だ。鉄砲玉はその時その時で用意するし、横の繋がりも取らないようにしている。治安騎士団が何度か潰しても、組織の中核である煽動者が雨後の竹の子のごとく出てくる。

『ハーメルン』をどうにかしようと思ったら、裏社会を支配するより上位の裏組織の力がいる。

つまりは王都の裏社会を牛耳る『鎖の蛇』の力が。

「それで？　頼めば止めてくれると思ったのか？」

「いんや？　あんたは肝が据わってる。殺さないでやるから止めさせろ、なんて言っても無駄だろ？」

「そうだな。俺を殺しても無駄だ。それにそもそも『ハーメルン』は別組織だ。命令できる筋はない。奴らを止める時は、俺が奴らを潰すと決意した時だけだな」

「……ふぅん。安心したよ。あんた、悪党ではあるがクズではないようだ」

「ほう？　どうしてそう思う？」

「別に『ハーメルン』が潰れても構わないって思ってるだろ？　そうじゃなきゃ、そんな他人事みたいな言い方はしないし、そんな冷ややかな声は出さないさ」

「……確かに、気に入らない連中ではある。年端もいかないガキに刃物持たせて突っ込ませる反吐が出る連中だからな。だが、それでもヤツらは上納金を払ってる。金を払う以上は目を瞑る。そうでなきゃ、組織は回らねぇ。組織の頭をやる以上、泥を喰ってでも部下を食わせにゃならん」

「……いいねぇ。あんた、なかなかイイよ。なかなかイイ悪党だ」

ニヤリと笑うキリハに、ヴィンゼンドはぞくりと背筋を震わせた。

――この女、なんて笑い方をしやがる……！

とても十代の小娘の笑みではない。

得体の知れぬ迫力を感じ、ヴィンゼンドは『こんなクソガキに舐められてたまるか』と腹に活を入れ直した。


「なら、ひとつ勝負をしないかい？」

「……勝負、だと？」

「ああ。あたしの暗殺を諦めるのに相応しい額を賭けてね」

「……その金で俺たちに『ハーメルン』を抑えろってか？」

「いや？　潰して欲しい。何の後ろ盾もない子供を利用するようなクズがいるなんて腹立たしいじゃないか」

「……確かにな。俺も『ハーメルン』にはムカついてる。だが、それで俺が素直に勝負に応じると思うのか？　だいたい、あんたはその大金に見合った質があるのか？」

「あるじゃないか。目の前に」

「何？」

「賭けるのはあたし自身だ。あたしの身柄を全部賭ける」

「……俺たちみたいな裏組織に身体を賭けるって、その意味を分かって言ってるんだな？」

「ああ。あんたが勝ったら、あたしの肌から内臓に至るまで、全部好きにすりゃいいさ。おまけに処女だ。結構な額になると思うけど？」

「……たしかに、な」

ヴィンゼンドはキリハを眺める。

彼女は間違いなく美少女だ。しかも、その身体つきも素晴らしい。あと二、三年も熟成させればむしゃぶりつきたくなる美女になるに違いなかった。

いくらでも稼ぐことが出来るだろう。たとえ壊れても、大金を払う相手に苦労はしないに違いない。

「それとも怖いのかい？　あたしみたいな小娘と勝負するのが」

「……下手な挑発だな」

無論、受けない選択などない。

単身でここまで乗り込んできた相手に挑まれた勝負を断れば、臆病風に吹かれたという評判が立つのは避けられない。裏組織の長にとって、腰抜けと思われるのは一番避けねばならないことだ。

何より、絶対に勝てる勝負でこの美少女を自分のものに出来るのだ。

やらない理由がない。

だが、そう簡単に頷くのも癪だ。挑発されたのなら、挑発を返さねば示しがつかない。

「……いいだろう、受けてもいい。受けてもいいが、お前さんの身体に大金に見合う価値が本当にあるのか？　女はいくらでも化けるからな」

「ここで裸になれとでもいうのかい？」

「いやいや、そこまでは言わないさ。ただそうだな……ひと勝負毎に、あんたには服を脱いでいってもらおうか」

「あ？」

「脱いでく服に応じて賭け金を定めよう。全部脱がしたら俺の勝ちだ。どうせ負けたら俺のものになるんだ。肌を晒すくらいどうってことはないだろう？」

下卑た嗤いを浮かべて舐め回すような視線を向けると、キリハは自分の身体を抱え込んだ。

やはり女だ。男の獣欲には敏感らしい。

「……いいよ、分かった。勝てばいいだけなんだからね」

「そうだな。勝てばいいだけだ。それじゃ、やろうか」
「ああ、やろう」

そういう事になった。

第三十八話　ざわ……ざわ……

ゲームはポーカーに決まった。

『鎖の蛇』は表でも裏でも賭博に広く関わっているので、ヴィンゼンドの隠れ家には大なり小なりプレイルームが用意されている。

備え付けのプレイルームで、さっそくゲームが始まった。

「では、カードを確認ください」

ディーラーもすぐに調達できた。彼は新品のトランプをまずキリハに渡して確認させようとするが、彼女は首を振る。

「まずそっちから確認してくれ。あたしが確認した後にギラれたら困る」

「なるほど、用心深いな」

ヴィンゼンドは感心した顔でトランプを確認した。

そしてキリハに手渡すと、彼女は一枚一枚を丁寧に確認した。

「……トランプの柄にも、大きさにも、細工はないようだね……念のため確認するが、もしイカサマを見破ったら、その時点であたしの勝ちってことでいいね？」

「見破れたらな。ま、安心しな。あんたみたいな小娘にイカサマするほど耄碌しちゃいないさ」

「イカサマする奴はみんなそう言うさ」

キリハの確認が済むと、トランプがディーラーへと戻される。

ヴィンゼンドとキリハにカードが配られる。

「……さて？　最初の手番はレディーファーストで譲ろう。まさかいきなりオールインはしないだろ？」

「やってるのは脱衣ポーカーなのに、こんなに緊張感があるとはね……それじゃ最初は手堅く、靴一足ってところかな？」

「靴一足ね……まああんたの全存在をざっと十億エラとして……ま、五十万ってところかね」

「それでいい。それじゃ、あたしは二枚交換だ」

「俺は三枚だ」

ヴィンゼンドはじっとキリハを見つめる。キリハもじっとヴィンゼンドを観察していた。

どうやら最低限のプレイヤーではあるようだと、ヴィンゼンドは相手を認めた。

自分の手札に集中するようでは三流どころかプレイヤー失格だ。賭博はあくまで人間と人間の勝負だ。カードを相手にするのは子供のおままごとでしかない。

「……それじゃ、あたしはジャケットを賭けるよ」

「ふぅん……なら俺は一億エラ賭けるか。さて、それに見合うのはどれくらいになるかなぁ？」

「いきなりレイズかい……いいよ。ならあたしの下着以外を全賭けだ」

「へぇ？　負けたらすっぽんぽん一歩手前じゃねぇか。いいのかい？」

「あんたこそ、あたしの裸を見たいなら、もっと男らしく大賭けしな」

「……いいぜ。なら二億追加だ」

「チェック」

「俺もチェックだ」

「ショウダウンです。ハンドオープンして下さい」

キリハの手は7とJのツーペア。

ヴィンゼンドの手札は4のワンペア。

キリハの勝利だ。


「初回はあたしの勝ち。いいのかい？　あと六億と九千九百五十万奪えばあたしの勝ちだけど？」

「まだまだこれからさ。さぁ、次のゲームだ」


だがそれからのゲームはキリハの独壇場だった。

ヴィンゼンドは負けとフォールドを繰り返し、賭け金はあっという間に半減した。


「なぁんだ。たいしたことないね」

「なぁに、まだまだ勝負はここからさ」

「そういう言葉を『負けフラグ』って言うんだよ……二枚交換」

「俺も二枚だ。さて、今回は何を賭ける？」

「そうだね……それじゃ、ジャケットと左右のブーツ一式で」

「へぇえ？　いいのかい？」

「勝ってる時に張らなくていつ張るんだい？」

「違いねぇ。なら、俺は残りの金をオールインだ」


ヴィンゼンドが残りの賭け金五億弱を全賭けすると、キリハの笑みがピクリと震えた。


「どうした？　あんたのコールだ」

「……フォールド」

「ショウダウン。ハンドオープンを」


降りてもカードを晒すルールなので互いの手札が晒される。

ヴィンゼンドは5のワンペア。

対するキリハは……ブタだった。


「……何で分かった？」

「さぁ、なぁ。それよりもさっさと脱ぎな」

「……分かった」

「おっと、ただ脱ぐんじゃねぇぞ。貴族のお嬢様のストリップなんてめったに見れるもんじゃねぇ。ゆっくりと丁寧に脱いでくれよ」

さっさと賭け分の衣服を脱ぎ捨てようとしたキリハだが、ヴィンゼンドに言われて顔を顰めながら丁寧に上着を脱ぐ。次いでブーツの紐(ひも)を解き、これもゆっくりと足先から引き抜いた。

誰かが「ごくっ」と唾を飲んだ。

素肌が見えたわけではないのだが、ジャケットを脱ぐとキリハのよく育った胸の豊かさがよりはっきり分かる。それに、膝下まで覆う長ブーツを脱ぐことで顕(あらわ)になった美脚。ピンと張ったふくらはぎから、きゅっと絞るように引き締まった足首、そしてしゅっと伸びるすねから爪先のライン……。

「……ふん。たかがジャケットと靴を脱いだだけなのに馬鹿な顔してるね。そんな面しといてみんな童貞なのか？」

「それだけお前さんが魅力的だってことさ」

「ちっ。まぁ、いい。次だ次。勝負はまだこれからなんだからな」

「そういう言葉を『負けフラグ』って言うんじゃなかったか？」

「っ……」

「じゃあ、勝負再開だ」

そこからは、さっきまでと逆の光景が繰り広げられた。

キリハの攻勢に、ヴィンゼンドはさっさとフォールドしてしまう。

キリハの強気のハッタリに対しては、倍プッシュで相手の戦意を折りにかかる。


「オールインだ」

「……フォールド」

「ショウダウン。ハンドオープンして下さい」


互いにツーペアだが、数字はキリハの方が強かった。だがキリハが降りた以上、手の強さは何の意味もない。

手役の上では接戦だが、これまで以上にヴィンゼンドの圧勝であった。キリハの手の強さをほぼ正確に読み取っていたことを示すやり取りだったからだ。


「バカな……」

「さぁ、いよいよご開帳と行こうじゃないか」

「ぐっ……」

キリハは嗚咽を堪えるように口元を引き締めて、胸元のボタンに手を伸ばした。すでに靴下や手袋はもとより上着も奪われ、いまブラウスを奪い取られた。いよいよ多くの男たちに素肌を見せねばならなくなってしまった。

汚い野次でキリハを煽っていた男たちだったが、キリハがゆっくりと肌着を脱いでゆくのに合わせて声を潜めていった。

ブラウスの下から顕になる豊満な胸。かろうじて裾に隠れていた鼠径部。そのどれもが男たちの目を引き付けた。

無論、裏街道に生きる男たちだ。女の肌など見飽きている。しかしそれを差し引いても、キリハの肢体はあまりに魅惑的に過ぎた。

それは、ヴィンゼンドにしても同じだった。

まるで童貞捨てたばかりの青二才だと自嘲しつつ、キリハの柔肌を凝視するのを避けられない。ましてや、あともう少しでこれが自分のものになると思えば、興奮した脳みそが心臓を蹴りつけるのを止めることなど出来ようはずもなかった。

「ぐ、ううっ…………あたしの裸じゃなくて、カードの方を見るべきじゃないのか？」

身体を捩(よじ)って胸元と股間を隠そうとするキリハが憎まれ口を叩く。

女を嬲(なぶ)るのは趣味ではないヴィンゼンドだが、いささか宗旨変えしたくなってきそうだ。

「ははっ、無茶言うなよ。そんなパイオツ見せられて平気な男がいるなら見てみたいもんだ。そうだろ、お前ら」

「へぇ、ボスの言う通りで」

「そうだ、俺の寝室を念入りに掃除しといてくれ。なんせすぐに使うことになるだろうからな」

意味ありげに笑って舌舐めずりすれば、健気(けなげ)に睨むキリハの切れ上がった瞳が潤んでくる。

ヴィンゼンドは彼女を振った第一王子を嘲笑した。こんなに上等な女を捨てるなんてとんだタマナシだ。もっともバカな王子のおかげで、自分がこの上物を味わうことが出来るのだが。

「さて、そろそろ最終ラウンドってところか？　なぁ？」

「………」

いよいよ憎まれ口も叩けなくなったらしい。涙目でこちらを睨むのが精一杯のようだ。

その強気な顔がベッドの上ではどんな風に蕩(とろ)けてくれるのか……。

「……一枚交換だ」

「俺は二枚だ」

ディーラーがカードを配る。

ヴィンゼンドのカードは良いとも悪いとも言えない微妙な手だ。

ちらりとディーラーに眼をやれば、彼はほんの僅かに重心をキリハ側に寄せていた。どうやらあちらの方が強い手らしい。

——相手を見るだけじゃ、まだまだ足りないんだよ。

賭場を運営する都合上、ヴィンゼンドは配下のディーラーたちと詳細なイカサマのサインを定めている。厄介な博徒が現れた時、責任者であるヴィンゼンドが返り討ちにするためだ。

そして今夜この勝負に用意したディーラーは、幸か不幸か、ヴィンゼンドの部下の中でもっとも優れたイカサマディーラーだった。

驚くべきことだが、彼はすべてのカードを記憶している。プレイヤーがチェックしたトランプだが、常人には分からないくらいささやかな感触の違いがカードの端に施されており、彼はその超人的な指先の感覚でそれを見分け、手役の強弱をヴィンゼンドに伝えている。

あからさまなイカサマは使わない。イカサマと分からないイカサマは最早(もはや)芸術の域だ。

結局の所、このディーラーがヴィンゼンドの完全な味方である以上、ヴィンゼンドが負ける要素などなかったのだ。

「さて、それじゃあ——」

「オールイン」

「……あ？」

「オールインだ。あたしの全部をここで賭けるよ」

キリハの宣言に、ヴィンゼンドは目を瞬かせた。

「……いいのか？」

「ああ、どうやらあたしの方が良い手みたいだからね」

「っ!?」

確信たっぷりに発せられたセリフに驚きの声を出さなかった自分を褒めてやりたい。

いつの間にか、キリハは胸を張り、ニヤニヤと笑いながらヴィンゼンドを眺めていた。

大勢の男たちの衆目にさらされた下着姿の小娘とは思えぬ、実に悠々とした姿だ。

「どうした？　コールしないのか？」

「……フォールドだ」

「……ショウダウンです。ハンドオープンして下さい」


キリハの手は、３のスリーカード。

ヴィンゼンドの手は、２のスリーカード。

僅差で――しかし圧倒的な、キリハの勝利だった。


「おおっ、ギリギリだったね。勝てて良かったよ」

「…………」

「じゃあ、次に行こうか？」

「……勝負も長くなってきた。そろそろディーラーの交代を――」

「それは負けを認めたってことでいいんだな？」


すっと目を細め、キリハは鼻を鳴らした。

嗤ったのだ。

「ディーラーを下げるってことは、ディーラーとイカサマしてたって認めることだ。そうだろう？　そうじゃないか？　んん？」

「………」

「なぁに、違うっていうんならこのまま続ければいいだけだ。それだけの話だろ？」

「……カードを配れ」

「は、はいっ」

ゲームは続けられたが、それからは完全に、完全無欠に、疑いようもなくキリハの独壇場だった。

手役の強弱はもとより、イカサマで手にした勝負手はあっさりと躱（かわ）された。完全にヴィンゼンドを、彼の部下のやり様を見破っていた。

「しょ、ショウダウンです……」

「どうした、そんなに汗をダラダラさせて？　そんなんじゃカードが湿っちまうだろ？　手袋でもしたらどうだ？」

「い、いえ……」

「冗談だよ、冗談。ディーラーが手先の感覚を鈍らせたら話にならんもんな。そうだろ？　手先の感覚は大事だよな？」

「……っ!?」

ディーラーの顔が青褪めていた。彼がキリハを見る目は、得体の知れない化物を見るようだった。

鍛え抜かれた彼のイカサマが、完全に見抜かれている。その上でゲームを続けさせられているのだ。公開処刑も同然だった。

……結局。

勝負はキリハがものにした。

キリハは、最終的に身に着けているのはショーツのみ。胸元の大事な部分が髪でようやく隠れているだけのあられもない姿だが、まったく気にする様子はない。

滑らかな美脚を組み、肘掛けに頬杖（ほおづえ）をついて艶やかに笑っている。

「なかなか楽しかったよ、ヴィンゼンドの若旦那。まさかパンツ一丁になるまで追い詰められるとは思わなかった」

「…………なんで、分かった？」

「イカサマ博打で一番やっちゃいけないことはなにか分かるか？」

キリハは得意げに話しはじめた。呑気に鼻の下を伸ばしていたヴィンゼンドと、間抜けにもイカサマを全部見抜かれたディーラー、そして今更ながらに唖然とする『鎖の蛇』の構成員たちを、勝者の権利とばかりにニヤニヤと笑いながら。

「イカサマ師相手にイカサマをすることさ。イカサマっていうのはバレないからこそイカサマなんだ。タネが見破られたら怖くもなんともない。それどころか、積極的に利用されもする。ディーラーがあんたを勝たせようとする以上、どうしてもサインを出さざるを得ない。どれほど巧妙に隠そうとも、ね」

「…………………」

「あんたは、イカサマ抜きの真剣勝負をするべきだった。そうすりゃ勝負は五分五分だったろうにねぇ」

キリハはそう言うと、ばさっと髪を翻した。

「……胸が丸見えですよ、キリハ様？」

「別にいいさ、ジェラルド。見せて減るようなもんでもなし。いや、むしろ減ってくれたほうが良いのかな？」

「ああ……最近、さらに大きくなってきてますもんね」

「肩が凝ってしょうがないよ。けど大きいおっぱいもたまには役に立つ。みんなこいつに目が行ってたからね。クセもサインも読み取るのに苦労しなかったよ」

ぽよんぽよんと自分の胸を弾ませながら、キリハはからからと軽やかに笑う。そこにはまったく、一欠片(ひとかけら)も、自分の裸を見られる羞恥心は見られない。

自分たちがこの少女に弄ばれただけだったと、ヴィンゼンドも悟らざるを得なかった。

小娘めいた恥じらいも恐れも全部演技。最初から、自分たちはこの少女の掌(てのひら)の上だった。

イカサマ師相手にイカサマをするなとは、まさにその通り。

この少女は、超一流のイカサマ師だ。

博打勝負に持ち込まれた時点で、すでにヴィンゼンドは負けていたのだ。

第三十九話　花の慶◯的な『惚れた』

（いやはや、久しぶりだねぇ、こういう博打は）

パンツ一丁の勝者となったキリハは、久しぶりの博打に懐かしさを感じていた。
なんせ、キリハが組長となった聖組が躍進した切っ掛けは、当時施行されたばかりのカジノ法に乗っかった博打業だったのだ。
キリハにとって博打はまさに飯のタネだった。

『Ｂｏｓｓ。イカサマ博打で一番やっちゃいけないことは何か分かるかい？』

カジノの警備コンサルタントとして新規採用した、ラスベガスでやらかしすぎて逃げてきたというプロのイカサマ師は、当時の若すぎる組長にこう聞いてきた。

『イカサマ師にイカサマをするな、ってことかな？』

『Ｅｘａｃｔｌｙ！　理解あるＢｏｓｓで話が楽だ』

『古畑任〇郎が山城新伍ゲスト回で言ってたからね。マジシャン相手にマジックを見せるな、って』

『Ｍｅは『矛盾だらけの死体』が好きだけどね。それはさておき、イカサマを見つけたイカサマ師はイカサマを逆用してくる。だから一番注意しなきゃならないのは、素人のふりをしたイカサマ師だ。こいつらを効率よく見つけ出すことがカジノの最大の課題になる』

『何か見つけるコツはあるのか？』

『基本的に女性の客を注意することだね。女性は胸とか尻って武器がある。それだけで注意力の大部分を削ぐことが出来る。だから近頃のカジノは女性ディーラーが重宝されたりしてるね』

『ははあ、なるほどねぇ』

『だからＢｏｓｓにはイカサマ師になってもらうよ。相手のやり方が分かれば騙されにくくなる。なにより、Ｂｏｓｓは魅力的な女性だからね。魅力的な女性は、一流のイカサマ師の才能がある』


　そうしてキリハはイカサマ博打の稽古をさせられた。経営者がイカサマ師になってどうするのかと思ったが、結構いろいろと役に立ったのであのイカサマ師には感謝している。

　実際、裏組織のボスと大金を賭けた勝負に何度も臨んだ。そういう時、彼が教えてくれた

『素人のふりをするイカサマ』は強力な武器になった。

女遊びのしすぎで患ったヘルニアの治療代も肩代わりしてやる気になるというものだ。


「くそがっ！」

「小娘が調子に乗るな！」


キリハが思い出に耽っていると、『鎖の蛇』の構成員たちがイキり出した。

ボスのヴィンゼンドの敗北を受け入れられないのだろう。おまけに相手は小娘と優男の執事の二人きり。暴力で結果を覆そうというのは彼らからすれば当然のやり方だろう。


「やめねぇか！」

「しかしボス！　こんな小娘にバカにされたら『鎖の蛇』の名が廃ります！」

「竜騎士だかなんだか知らねぇが、裸同然の今が好機じゃありませんか！」

「タマァ獲ったる……！」


ヤクザたちがナイフや匕首に手を伸ばしてキリハに躙り寄ってくる。

ちょっとでも何かの切っ掛けがあればそのまま凶器を抜いて雪崩れ込んでくるだろう。

せっかく穏当な形で収めようと思ったのに結局こうなるのかと、キリハはやれやれと思いつつも反撃の心構えを固めた。

「……ぶっこ――」

――ドガァァアアアアアアンッ!!

今まさに男たちが一斉に飛びかかろうとした刹那、プレイルームの頑丈なドアがド派手な音を立てて吹き飛んだ。

部屋にいた者たちが驚愕(きょうがく)の表情を貼り付けた顔を向けると、破壊された出入り口には一人の男が立っていた。

真っ白に染まった髪をオールバックにした、筋骨隆々の初老の男だった。老いを感じさせるものが散見されるが、その肉体とその立ち振る舞いは泰然としており、老いはともかく衰えは感じさせない。

「……ギルバート・スウィフナー……」

「久しぶりだな、ヴィンゼンド」

「おや？　おっさんはこっちの旦那と顔見知りだったのか？」

「……キリハの嬢ちゃん、儂は仮にも王都冒険者ギルドのギルドマスターだぞ？　冒険者ギルドと闇ギルドは光と影、頭目同士が顔見知りなのは当然だ」

ギルバート・スウィフナー。元S級冒険者にして、現在は王都冒険者ギルドのギルドマスターを務める男である。

数々の逸話を持つ勇者であるが、キリハを見る目は苦々しさを隠しもしなかった。

まぁ、冒険者登録してからさんざん冒険者たちを巻き込んで騒ぎを起こしたキリハの、その後始末に走り回されたのはギルドマスターのギルバートその人だ。キリハという問題児に対する感情は複雑なるものがある。

「……その嬢ちゃんは王都の冒険者たちのアイドルでな。嬢ちゃんを見殺しにするようなことがあったら、儂が冒険者たちに袋叩きにされちまう。嬢ちゃんに手出しするなら、王都冒険者ギルドは『鎖の蛇』と戦争を始めることになる」

「――おやおや、坊やがいっちょ前の口を叩くようになったじゃないか？　ちょっと前まで皮も剝けてない小僧っ子だったのにねぇ」

ギルバートの後ろからひょいと現れたのは、艶やかな服装をした美女だった。

胸元は大きく開き、スカートのスリットも際どい位置まで開いている。挑発的な格好をした、浮世離れした美貌の女性。長い金色の前髪が、尖(とが)った笹型(ささがた)の耳に引っかかっている。

彼女はエルフだった。


「こんばんは、ディアンヌ夫人」

「こんばんは、キリハちゃん。相変わらずやることが派手ね。まさか紅蓮竜にお使いをさせるなんて、さすがのわたしもびっくりしちゃったわ」

「そのヒエンは？」

「うちの娘たちとご飯を食べてるわ。何でか牛乳をがぶがぶ飲んでレモンをばくばく齧(かじ)ってたんだけど、ドラゴンってあんなのが好物なの？」

「尿道結石の予防に余念のない、健康的なドラゴンなんで」

「最近はドラゴンも健康第一なのねぇ」


エルフの美女とにこやかに語り合うキリハ。

それとは逆に、ヴィンゼンドはエルフの美女の登場に盛大に顔を顰めていた。

「ディアンヌのババァまで……！」

「こんばんは、ヴィンゼンドの坊や。相変わらずの伊達男だけど、今晩はいささか男振りが陰ってるわねぇ」

ディアンヌ夫人、と呼ばれるこのエルフ。ヴィンゼンドの『鎖の蛇』とは、王都の裏社会をある意味二分する勢力の纏め役であった。

彼女は、王都の娼婦ギルドの元締めなのだ。

女神めいた美貌を持つディアンヌが部屋を見回せば、さっきまで威勢の良かった『鎖の蛇』の構成員たちの顔が青褪める。

「わたしの娘たちも、キリハのお嬢ちゃんにはお世話になっていてね。お嬢ちゃんの敵になるなら、わたしたちもあんたらの敵になるよ？　この王都の男たちの下半身を握ってるわたしたちが、ね？」

ディアンヌが意味深に微笑むと、何人かの男たちがぶるりと身体を震わせた。

いつの時代のどこの国でも、娼婦というのは情報屋の側面を持っている。どんな男も、女を口説こうとすれば口が軽くなる。中にはついつい社会的に死にかねない秘密を漏らしてしまった男もいるだろう。
そういった普段威張り腐ってる男たちの繊細な秘密を一手に握っているのが、娼婦たちの頂点に君臨するディアンヌ夫人なのだ。面子が何より重要な裏社会の男たちにとって、決して敵対してはならない人物第一位に燦然と輝く女性であった。

「……キリハレーネ・ヴィラ・グランディア。何故だ？」

「うん？」

「ギルバートとディアンヌを味方につけているんなら、なんで勝負なんかした？」

冒険者ギルドと娼婦ギルドに脅しを掛けられれば、いかに犯罪ギルドを束ねる『鎖の蛇』とて従わざるを得ない。
なのに、なんでこんな勝負をしたのか？
先程までいきり立っていたヴィンゼンドの部下たちも、自分たちのボスとキリハの対話に息を呑んで耳を澄ましている。

「わざわざ裸を晒す必要もなかっただろ。なのに、何故？」

「あんたがクズだったら、早々にギルバートのおっさんとディアンヌ夫人に出てきてもらっただろうけどね……あんたは悪党ではあるがクズじゃない。でなきゃ、部下からあんなに慕われるわきゃない。あんたは一端の『男』だ。なら、『男』に対する礼儀ってもんがある」

「…………くっ……くはははっ!!　ああ、畜生！　くそっ、参ったな……」

ようするに、こちらに花を持たせてくれたのだ。

勝負もせずに要求を受け入れたら、ヴィンゼンドの面子は丸つぶれだ。だが曲がりなりにも勝負したとすれば、ヴィンゼンドもそれなりの面子が保てる。

勝負せず降った者と、勝負して降った者。

同じ降伏でも、天地ほどに差がある。

「……男の面目の為に一肌脱いだってわけか？」

「あんたも満足だろ？　なんたってこんなにお高そうなお肌だ」

むき出しの胸を反らして笑うキリハに、ヴィンゼンドは「違いない！」と大笑いした。

「はは、は……ああ、畜生。くそっ、イイ女だなぁ……あんた、ほんとにイイ女だ」

「惚れたかい？」

「ああ、惚れた……惚れちまったから俺の負けだなぁ」

『ボス？』

「俺の負けだ。お前らだってもう分かってるだろ？　この御方は俺たちを殺そうと思えば皆殺しに出来た。頭ごなしに言う事聞かすことも出来た。なのに俺と一対一の勝負を設けてくれた。俺たちは勝負に負けたんじゃねぇ、この御方の器に負けたのさ」

負けた、と言いながらも、ヴィンゼンドの胸に去来するのは言いようのない清々しさだった。

王都の闇を牛耳る『鎖の蛇』と言っても、所詮はスネに傷持つ裏街道の住人だ。どれほど粋がったところで後ろ指さされる立場なのに変わりはない。

そんなヴィンゼンドを、この少女は正面からまっすぐ見つめてくる。

浴びるように酒を飲んでも、どれだけの女を抱いても満たされなかったヴィンゼンドのちっぽけな自尊心が、いつの間にか充足している。

これほどの『イイ女』が、ヴィンゼンドを一端の『男』と認めてくれている……たったそれだけのことで！

「おい、お前ら！　俺はこの御方の器に惚れた！　俺はこのお嬢さん――いや、こちらの姐さんの傘下に入る！　文句ある奴ぁいるか!?」

「……オレたちはボスについて行きます」

「ボスの進む先が、オレたちの進むべき道です」


ヴィンゼンドの部下たちが頭を下げる。

ヴィンゼンドに心酔しているからこそ、彼らもまたキリハの言葉に狂喜していた。

親を褒められて、喜ばぬ子はいない。


「……キリハの姐御。俺を一端の『男』と認めてくれるなら、俺と兄弟の盃を交わして欲しい。

俺は、あんたに惚れた！」

「勿論」


頭を垂れたヴィンゼンドの懇願に、キリハは笑って即答する。


「一世一代の『男』の覚悟を呑めなかったら、あたしの女が廃るってもんだ。これからよろしく頼むよ、ヴィンゼンドの兄弟？」

「応よ！　これからよろしく頼む、キリハの姐御！」

『よろしくお願いしやす、キリハの姐御!!』

ヴィンゼンド以下『鎖の蛇』がキリハの傘下に入った瞬間である。

この歴史的な光景の立会人となった冒険者ギルドマスターと娼婦ギルドの元締めは、互いに正反対の表情で傍観していた。

「……とうとう犯罪ギルドまで手にするとは……ますます手が付けられなくなっちまったじゃねぇか……」

「あら、いいじゃない、ギルバートの坊や。キリハちゃんはイイ女だもの。イイ女は黙ってても男を惹き付けてしまうものよ」

「坊やって言うな、ディアンヌ……儂はもう五十七だ」

「わたしからすればまだまだ坊やよ。ねぇ、三十まで童貞だったギルバートの坊や？」

「言うなっ！　くそっ、儂の周りの女ときたらどいつもこいつも……！」

ギルバートが胃を押さえる。厄介な女に振り回されて胃がキリキリして仕方がない。

「あのー、よろしければこちらの胃薬をどうぞ？」

「あ？　ああ、すまないな……」

「いえいえ、近頃胃薬の調合が趣味でして」

「あんたも苦労人な顔してるからな……ああ〜、効くなぁ、この胃薬」

「でしょう？　……ああ〜、効くぅぅぅぅ……」

新たな胃薬仲間を得たジェラルドは、自分も勢いよく胃薬をキメる。

胃薬中毒者たちが現実逃避している横で、キリハとヴィンゼンドの兄弟の契りは粛々と進められるのであった。

第四十話　玄人のクズの忠告

「はぁ⁉　どういうことよ⁉」

どことも知れぬ王都の闇で、ユリアナの素っ頓狂な声が木霊する。

「どうもこうもありませんや。キリハレーネ・グランディア公爵令嬢への暗殺は中止します。今日は頂いた前金をお返しするために来ていただきやした」

「だから、どうして中止なのよ⁉」

「王都の闇ギルドの盟主である『鎖の蛇』が公爵令嬢の傘下に入ったんです。『鎖の蛇』はあたしら『ハーメルン』を切り捨てました。あたしも早く王都を脱出しないとならないんで、手早く済ませたいんですがね？」

「また！　またキリハレーネ！」

ユリアナは癇癪を起こして地団駄を踏む。そんなことをしても時間の無駄と分かってはいるが、喚かずにはいられない。

「なんで!?　なんであの女ばっかりに人が集まるのよ!?　なんであの女ばっかり幸運が転がり込んでくるのよ!?」

「は？　いまさら何でそんな事を言うんで？」

髪の毛を掻き毟るユリアナが睨むと、男は本気で呆れたような顔をしていた。

「あの女はあたしらとは違うんです。人を惹き付ける力があるから幸運も寄ってくる。当然のことじゃああありませんか」

「なに言ってるのよ？　わたしとあの女と何が違うってわけ？」

「……ああ、なるほど。そこですか」

呆れ顔だった男の表情が、段々と憐れむようなものへ変わっていく。

「……あんたは、自分が幸せになれるんだと思ってるんですね？」

「当たり前でしょ？　わたしは幸せになるわ。幸せになれないわけがないわ。わたしは何が自分の幸福なのか、はっきりと自覚しているんですから」

「はははははっ！　こりゃとんだお笑い草だ！　まさか！　まさかあたしらみたいなクズが幸せになれると思ってるんで!?」

ゲラゲラと、男が耳障りな笑い声を上げる。人を馬鹿にし嘲笑するのが楽しくて仕方がないという、まさに人間のクズの笑い声を。

「クズの先輩として忠告しやすがね……たとえ万が一、幸福になれたとしても、あたしらは幸福を幸福だと感じることなんて出来ませんよ。幸福を追い求めるのなんてやめましょうや」

「何を言って……」

「あたしもね、一時期幸福な人生ってやつを手に入れましたよ。心延えのいい綺麗な女房、小奇麗な家、従順な子犬だって飼いましたね。絵に描いたような幸せな家庭を持って、多くの人間に羨ましがられもしました。けどね、少し経つと物足りなくなってくるんですわ。全部くだらないものに感じられてね。あたしが本当に幸福と感じられたのは、従順な子犬を蹴り殺して、小奇麗な家に火を点け、綺麗な女房の苦しむ顔を眺めた時です。特に絶望に歪んだ女房の顔を思い出すと、今でも幸福な気分に浸れますよ」

男はうっとりと告白した。常人なら……いや、年季の入った悪党でも鼻を抓みたくなるような腐臭の漂う告白だった。

人間のクズ、ゲスの所業だ。

「……それがなんだって言うの？」

だが、ユリアナは首を傾げるだけだ。

そこには疑問しかない。

男を奪われた女の醜態が愉しい、自分の為に人生を捨てた男の狂態が愉しい、そんなユリアナにとって、男の告白は『いまさら何言ってんだこいつ？』という程度の感慨しか湧かないものだった。

「分かりませんか？　あたしらは幸せを壊すことでしか幸福感を得られないクズです。幸福を求めてもしょうがないってことですよ。ただ目先の幸福感だけ求めてりゃいいんです。幸せなんてものに夢を見るのはやめなさいな」

「はっ！　バカバカしい。それはあんたの手際が悪かっただけでしょ？　わたしは幸せになるわ。なれない筈がないじゃない。王子だって何だってわたしの手駒に出来るのよ？　わたしを幸せにしてくれる手駒なんていくらでも手に入るんだから」

「はぁ……まぁ、そう思うなら頑張りなさいな。一応キャンセルした迷惑料代わりに言っときますが、もうあの公爵令嬢の暗殺は無理ですよ？　この王都で引き受けるやつなんてもういません。引き受けた馬鹿はヴィンゼンドが必ず潰しますからね。それじゃ、お元気で」

男はユリアナに渡された前金を投げ渡すと、すっと気配を消してその場から離れた。

すでに『鎖の蛇』が『ハーメルン』の構成員を狩り出している。

なんせ『ハーメルン』は、食い詰めた貧民を食い物にしていたクズの集まりだ。闇ギルドも躊躇(ためら)いはない。おまけに、キリハレーネの兄弟になったヴィンゼンドが張り切っている。すでに主要構成員は捕縛され晒し者にされているのだ。男も今夜中に逃げ出さねば補足されるだろう。あんな念入りに殺されるなんて、死んでもゴメンだ。

「ユリアナのお嬢さんもさっさと逃げりゃあイイものを、よりによってあんな女にこだわるなんてね……」

男は嘲笑した。

キリハレーネ・グランディアは、男やユリアナのようなクズにとっては天敵のような存在だ。

自分で幸福を生み出せる人間に、幸福を壊すことしか出来ないクズが敵うわけがない。
自分のようなクズは同類でつるむことは出来ても、けして味方など作れはしないのだから。

「自分がクズって分かっていないユリアナのお嬢さんが破滅するのを眺めて愉しみたい気持ちもあるが……あたしまで巻き添えを食うのはゴメンだからな。さて、西と東のどっちに逃げるか……たしか西の帝国では、帝位継承のゴタゴタが起きていると聞いたな。なら、そっちに行けばまた愉しめるかな？」

刹那的な幸福感しか得られないのなら、天敵のいる国から離れるのが一番だ。幸せを求めて一箇所に留まるなんて愚の骨頂である。
クズが愉しめる場所は、この世界にいくらでもあるのだから。

第四十一話　元締めの元って何の元なんだろう？

「姐御、おはようございます」
「おう」
「姐御、先日は差し入れありがとうございました」
「気に入ってくれたようだね？　差し入れした甲斐があったよ」

キリハが下町を歩いていると、強面の男たちが丁寧に挨拶をする。ヴィンゼンドの部下たちだから本来は『叔母御』なんて呼ばれるところだが、キリハはまとめて『姐御』と呼ばせている。

だって、中身はともかく、いまはせっかくの花も恥じらう十七歳なのだ。オバさんなどと呼ばれるのはご遠慮したいお年頃である。

キリハが訪れたのは、下町の救護院だった。

裏庭へ回ると、でかいドラゴンの背中に昇ったり尻尾を滑り台にする子供たちが笑い声を上げていた。

「すっかり子供たちの人気者だね」

『おお、来たか姐御！　子供と遊ぶなど初めての経験だが、これはこれで面白い！　ドラゴンは生まれた時から独りなのでな。子供などという未熟な存在がこれほど面白い生き物だとは思わなかった！』


木登り感覚で角に登る子供たちを見上げながら、ヒエンがご機嫌に笑う。

怪我(けが)をさせないようにと言っておいたが、これなら大丈夫だろう。


「よう、元気か？」


目的の子供を見つけると、キリハは軽く声を掛ける。

『ハーメルン』に二束三文で刺客にされたカイン少年であった。

「……助けてくれて。ありがとう」

「助けてくれって頼まれたからな。妹は元気か？」

キリハが問うと、カインはヒエンの方を指さした。

食堂でキリハと出会った女の子も、同年代の子供たちと一緒にヒエンと戯れていた。

「オレたちの仲間も、ここに入った。メシは不味(まず)いけど、もう凍えることもない」

「そっちはヴィンゼンドに礼を言うんだね。ここはヤツが出資する救護院なんだから」

王都の闇ギルドを牛耳るヴィンゼンドだが、彼は意外にも下町や貧民街の教会や救護院に個人的に寄付するという善行をしていた。

珍しいことではない。

キリハの前世の知り合いも、教会や施設に多額の寄付をする者が多かった。どれほど悪どくても、いや、あくどい商売をしているからこそバランスを取ろうとする。

暗黒街のボスと呼ばれたかのアル・カポネも人気取りのためとはいえ積極的に炊き出しを行っていたし、歴史あるマフィアの構成員は信仰心に厚い者が多い。

善行と悪行は対立するものではなく両立できるものだ。善と悪で人間が線引き出来るなら、世界はとっくの昔に平和になっている。

善悪で線引き出来ないからこそ人間は厄介で、だからこそ、面白い。

「……姐御！　オレを姐御の下で働かせてくれ！」

「…………」

「オレたちを助けてくれた姐御に恩返しをしたいんだ！　オレを姐御の手下にしてくれ！　何だってやる！　なんだって命がけでイダッ⁉」

「阿呆が。ガキがナマ言ってんじゃないよ」

いきなり土下座しだしたカイン少年に拳骨を見舞い、キリハは腰に手を当てて鼻を鳴らした。

「あんたみたいなガキンチョがあたしの子分になりたいなんて、十年早いよ。今のお前に何が出来るんだ？　ガキンチョのお前が、どうやってあたしの役に立つっていうんだ？」

「それは……」

「五年」

「え？」

「五年待ってやる。それまでに、一端の男になっておきな。妹や弟分を守れるくらいの、一端の男にね」

キリハが『出来るか？』という目で問いかけると、カイン少年は力強く頷いた。

少年の決意を見届けると、キリハは『頑張りなよ』と気軽に彼の肩を叩いて建物の中へ向かった。

「……あんな子供まで、ヤクザ令嬢の魔の手に……」

「あたしにショタのケはないよ？　いいじゃないか、五年待つんだから」

「でも、なんで五年なんです？　最初は十年早いって言ったのに？」

「十年先のことを考えて努力出来るやつなんて稀(まれ)だ。けど五年先ならまぁまぁ想像できるだろ？　あんたも言ったじゃないか？　『人間の想像力はすごい力を持っている』って」

「ええ、その通りです」

「逆に言えば、想像力が及ばなければ人間の力なんて屁(へ)みたいなもんてことじゃないか？　だから発奮させるなら想像できる範囲のことでなけりゃいけないのさ」

「…………」

説明している内に、キリハは建物の一番奥の部屋に入っていった。

部屋の中にはヴィンゼンドをはじめとした主だった闇ギルドの幹部が揃(そろ)っており、入ってきたキリハに対して立ち上がって頭を下げた。

「お待ちしていました、キリハの姐御」

『お待ちしていました、姐御』

「おう。じゃ、儲け話をしようか」


上座に座ったキリハが冗談めかして言うと、ヴィンゼンドたちは無言で頷いた。

ほんの数日で、キリハは王都の裏社会での地位を確たるものにしてしまった。闇ギルドの盟主だったヴィンゼンドを筆頭に、大なり小なり組織を率いる者たちはキリハの器に心酔してしまったのだ。

黙っていても圧迫感を覚える歴戦の男たちに囲まれ、しかしキリハは実に自然体だった。その姿はまさしく、裏社会の女ボスである。


「う、うう……なんでこんなことに……!?」


ちょっとだけシナリオを修正してもらうはずだったのに、これじゃあまるっきり任俠映画かマフィア映画だ。

血が嫌いだから乙女ゲーの世界を基にして世界を造ったのに……。

「う、うう……胃が痛い……！」

血腥い雰囲気に胃が痛みはじめたジェラルドは、震える手で懐から胃薬を取り出すのだった。

第四十二話　ヒロイン（笑）の奥の手

「なんなのよあの女！」

「わおぉぉおおおおおおおおんっ!??」

ユリアナは声を荒らげながら、仰向けに寝転がる男に踵を振り下ろす。苛立ちを紛らわすための道具に成り下がっている男は、むしろ彼女の暴力に喜びの悲鳴を上げた。

「それにあの男……なにが『あたしらみたいなクズが幸せになれると思ってるんで？』よ！　わたしをあんたらみたいなクズと一緒にするなっていうのよ！」

「わうっ!?　わんわんわふぅぅぅぅうんっっ!??」

ユリアナは、実に恐ろしいことに、自分のやっている事を『みんなやってる事』と思っているのだ。

人間は誰だって他人を犠牲にして幸せを得ている。自分だってその社会の仕組みに従っているだけだ、と。

だが、結果的に見知らぬ誰かを犠牲にして幸せを得ているにしても、その犠牲者を減らしダメージを軽減する為のシステムが『社会』なのだ。犠牲は結果であって過程ではない。犠牲を幸せの過程として愉しむなど、本末転倒もはなはだしい。

ユリアナは自分がクズだと気付いていなかった。

「ふぅ、ふぅ……まぁ、いいわ。暗殺は所詮手っ取り早く始末するための次善の策。本命の策はこれからなんだから。ねぇ？　あなたもそう思うでしょ？」

「わおん！　ばうばう!!」

「ふふっ、そうよね。それじゃあお願いするわね、グ・ラ・ン・デ・ィ・ア・公・爵・様？　あの女を絶望に叩き込みましょうか」

くくく、とユリアナが嘲笑う。

自分以外の誰かが苦しみのたうつ姿を思い浮かべて悦に入る……それはどう見ても、人間のクズの笑みだった。

第四十三話　公爵令嬢からランクアップ？

いつの間にか、キリハの日常は忙しいものになっていた。

冒険者ギルドに顔を出して依頼をこなし、闇ギルドの集会に参加して儲け話に精を出す。かと思えば学園カーストでも五本指にはいる貴族令嬢三人の姉となっているので、よく相談事を持ち込まれる。

キリハが突然の呼び出しを受けたのも、学園でちょっとした相談に乗っている時だった。

「あー、完全に浮気してるわね、あんたの婚約者」

「……やはり、そうですか」

「けど、婚約者のご両親にも気に入られているんだろ？　なら、攻めるなら婚約者よりもご両親だ。精一杯媚を売って、精一杯しおらしくしておきな。不出来な息子を持つと嫁に期待するものだからね。舅と姑を味方にすれば、そうそう婚約破棄されることもないさね」

「はい、ご忠告ありがとうございます。これで結婚しても彼に浮気してもらえると思います」

キリハに礼を言って、相談に来た令嬢が足取り軽く茶会が開かれている庭を辞去した。
彼女を見送って、キリハは学園の妹たちに苦笑した。

「いやはや、強烈だったね、今回の相談は」

「はい……まさか浮気する男性が好みなんて女性の相談は、わたしたちも経験がありませんので……」

侯爵令嬢のリッタニア・ヴィラ・アールスエイムが、理知的な顔に歪な笑みを浮かべた。

「ごくごく稀にいるんだよ、ああいう娘。モテる男性が好みっての。まぁ、男の魅力としては分かりやすいからね。ただ、自分と結婚した後も浮気を続けてもらいたい、なんてのはなかなか強烈な好みとは思うけど……」

「うむ……私には分からんな。気に入った男は自分だけのものにしてしまわねば我慢できんのだが……」

まるで未知の生物を見たという顔でしきりに首を傾げるミラミニア・ヴィラ・クリスエア伯爵令嬢。

婚約破棄しようとした幼馴染を無理やり婿養子にして囲っている彼女からすれば、浮気容認どころか浮気推奨なんて男の好みが理解できないのだろう。

「婚約者を愛していないからあんなふうに考えるのか……？」

「違うと思うわ。わたしが思うに、あれは純粋な好み。たぶん、寝取られ属性のタイプC」

「なんなんだエノラ、そのタイプCとは……？」

「わたしが仮分類したカテゴリー。娼館のお姉さんたちの話を総合するに、寝取られ好きにも様々なタイプがいる。タイプCは、裏切りの境界で焦らされるのが好きなタイプ。かさぶたを剝がすのが好きなプチ自虐趣味型」

「……エノラ、いつの間にそんな知識を……」

エノラ・ヴィラ・ルタリア子爵令嬢の説明に、ミラミニアが乾いた苦笑を浮かべる。

小柄で童顔なエノラはこの場で一番無垢な少女の外見をしているのだから、まさかNTR趣味の生々しい分類なんてものを話すのはとんだ皮肉である。

だが、彼女は他ならぬキリハの仲介で、こっそり娼館と契約して高級娼婦の家庭教師なんてアルバイトをやっている。そのおかげか一般的な貴族令嬢なんかより性や女の事情に詳しい。いまさら特殊な性癖のひとつやふたつで慌てるほど初心ではなかった。

「けど、タイプCは決定的な裏切りを前にすると何をするかの予測がつきにくい。完全に興味を失うタイプCⅠ型なら問題ないけど、執着心の強いタイプCⅡ型だと大問題になる」

「……ごめんなさい、エノラ。あなたの言っていることがよく分からないわ……」

「まぁ、あのご令嬢は舅と姑をがっちり摑んでいるようだ。なら多少遊ぶのはお目溢ししても、離婚なんてものを許すことにはならないだろ」

キリハは肩を竦め、紅茶で喉を潤した。

竜騎士の冒険者や闇ギルドの陰の支配者などと勇名を馳せるキリハだが、王立学園においては今や『婚約解決人のキリハレーネ』などという異名が定着しはじめていた。

『キリハレーネ様にご相談すれば婚約を瑕疵なく破棄できる』

『キリハレーネ様にご相談すれば婚約者を尻に敷くことができる』

などといった噂が広がって、しかもそれがほぼ真実なので、今やキリハは王立学園の令嬢たちのお悩み相談員だった。

「けど、やっぱりこういうのは向いてないね。ダンビラぶん回す方が性に合ってる。どうにも肩が凝っていけないねぇ」

「すみません、キリハ姉様。ですが相談もこれで一段落です。もう落ち着くと思います」

「そういえばリッタニア、落ち着くといえばあのクソビッチはどうしてる？　この頃とんと騒ぎを聞かないが？」

「ミラミニアさんの言う通り、ユリアナ・リズリットはこの頃おとなしくなっています。第一王子は陛下から叱責され、わたしたちの元婚約者たちも軒並み没落しましたからね。それでおとなしくなったと思っていたのですが……」

「……さすがに静かすぎる。何か企(たくら)んでいるに違いない」


エノラの断定の言葉に、リッタニアとミラミニアも頷く。

無論、キリハも同意だ。

ユリアナは誰かを食い物にしていないと幸せを感じられない人間だ。そんな人間が何の騒ぎも起こさず静かにし続けられるわけがない。


「……どうやら案の定らしいよ」


慌てて走り寄ってくるジェラルドを見つけ、キリハはカップに残っていた紅茶を飲み干した。

空のカップをソーサーに戻すのと同時に、駆け付けたジェラルドが口を開く。

「お、王城からの呼び出しです！　キリハレーネ・ヴィラ・グランディア公爵令嬢は本日一六：〇〇時までに王城へ来るようにと！」

「ふぅん？　いよいよ大仕掛けを打ってきたかな？」

そのまま王城へ向かうと、驚くべきことにほとんどフリーパスで謁見の間まで通された。王への謁見は待ち時間も演出の内だというのに、威儀を正す間もなく背を押されるようにスピーディだ。

なかなかのイレギュラーな事態が進行中らしい。

「――よく来たな、キリハレーネ・ヴィラ・グランディア」

謁見の間には、国王とその側近数名だけがキリハを待ち構えていた。

うやうやしく跪いたキリハに、パトリック国王が感情の読み取れない無表情で言葉を紡いでゆく。

「今日来てもらったのは他でもない。そなたの実家、グランディア公爵家のことだ」

「はい」

「グランディア公爵家の領地で、大規模な反乱が起こったことは知っているかな？」

「はい、いいえ。初耳でございます、陛下」

「その割には落ち着いておるな？」

「はい、いいえ、国王陛下。驚いております」

——などというのはもちろん嘘だ。

用意周到なキリハは、今生の実家とその領地のこともジェラルドから聞き出している。

グランディア公爵家が名ばかり公爵家などと呼ばれているのは、その領地の困窮ぶりが原因だ。十数年前に大飢饉が起こったのだが、そのときの失敗からかなりの借金をこしらえ、その借金のせいで領地の整備が滞った。大飢饉の際には森の恵みも片っ端から消費したので、減少した森から追い出された獣が人を襲うようになり、血の匂いに惹かれて魔物も跋扈するようになった。

それでも十数年もあれば少しずつ回復も出来るものだが、先代からのグランディア公爵は荒れた領地を代官に押し付け、自分たちは物資に余裕がある王都に留まり続けた。そして飢饉が収まってそろそろ領地に戻ろうかとした時には、いい加減な代官のいい加減な統治で退っ引きならぬところまで荒廃してしまった。

グランディア公爵領は今やブラックホールのように資金を溶かす呪われた土地だった。おまけに当代の公爵――つまりキリハレーネの父親も統治者としての才覚はゼロどころかマイナスに振り切れており、何もしないことが一番の貢献とされるほど。

いつ一揆が起こってもおかしくない状況ではあった。

「ついさきほど、そなたの父が反乱を防げなかった罪を悔いて、当主の座から引退すると申し出た。そして次の公爵位はそなたに譲り渡したい、とも申し出ておる」

(……なるほどねぇ。こいつは厄介だ)

ちらりと謁見の間を見回せば、しきりに汗を拭いている肥満男が目に入った。キリハレーネの父親であるグランディア公爵――いや、いまではもうグランディア前公爵か。

前公爵はキリハの目線に気付くと、さっと顔を背けた。

が、その顔にはいかなる罪悪感も後ろめたさも感じない。早くこの場から立ち去りたいという、自分勝手な居心地の悪さしかなかった。

「キリハレーネ・ヴィラ・グランディア。グランディア公爵の地位を継承することに不服はあるか?」

「――あろうはずもございません。非才ながら全力を尽くす所存にございます」

「うむ。略式ではあるが、この場にて公爵位の継承を承認する。今後とも余と王国の力となれ、キリハレーネ・ヴィラ・グランディア女公爵よ」

「御意」

こうしていとも簡単に、キリハは女公爵に仕立て上げられたのであった。

第四十四話　この領地、ヤバすぎる……

「こりゃひどいな……」

自分の領地となったグランディア領へ初めて立ち入った、キリハの第一声がこれだ。

女公爵に叙せられたキリハは、手早く出発の準備を整えて王都を出発した。何の問題もなく思いの外すんなりと領地に辿り着いたのは、移動手段を用意したジェラルドのおかげかも知れない。

『貴族のお嬢様が高級な馬車に乗ったら盗賊が出る！　そんなファンタジーのお約束に乗っかることはありません！』

と言って彼が用意したのは、駆け出しの行商が最初に手にするような中古の荷馬車だった。

まぁ、確かにこんな馬車に貴族が乗っているとも、ましてや大した財貨があるとは見えない。

ファンタジーの定番の盗賊に出会うことなく順調に街道を進んだキリハ、ジェラルド、ヒエンの一行は、関所を越えてグランディア領に立ち入ってすぐに顔を顰めた。

この領地の荒れ具合はすぐに分かった。

なんせ、馬車の揺れが目に見えて酷(ひど)くなったのだ。

「道路は、社会の安定と発展の一番分(わ)かり易(やす)い指標だからね……」

道を整備し正常に維持し続けるには並々ならぬ努力がいる。現代日本でさえ、常に何処かで道路のアスファルトを張り替え続けているのだ。

踏み固められただけの街道を自然に抗(あらが)って維持し続けるには、資金と、なにより人を集める力がいるものだ。

「……トンネル抜けると荒野だったとか……」

「大地に活力がないな」

ジェラルドとヒエンの声も苦味を帯びている。

馬車からの景色も激変している。

大地は彩度が落ちた力無い色をしており、草木はまばらで森の木々も枯れ木が目立つ。

荒野一歩手前の荒れ地である。見てるだけで気が重くなってくる。

「予想してたより悪いな……」

「けれど、天候自体はさほど周辺と変わりないはずです。なんでここまで……」

「人間どもが荒らしたのだろう。食う物がなくなれば草でも森でも何でも食う。そうやって大地の力が減っていく。飢えたヤギがよくやることだ」

ここでは美味いものが食えそうにないなと、ヒエンが深々と嘆息した。

おそらく、ヒエンの言う通りだろう。

飢饉が起こっても十分な援助がなされておらず、領民たちは自然の恵みを片っ端から採取し、それが続いて自然回復力が徐々に徐々に弱まって……その結果がこれだ。

森の保水力がなくなれば洪水も起こるし、肥えた土も留まらなくなる。これでは作物の収穫が覚束(おぼつか)なくなって当然だ。

「ヤバい領地だとは思ってたが、ここまで来ると笑うしかないね」

「しかし、この領地を何とかしないと、キリハ様の立場が……」

「どうにかなるのか？　お前の言葉を借りれば、こんなの『無理ゲー』だろ」

キリハはお手上げとばかりに両手を上げた。

そう。現状、キリハはほとんど詰んでいる。

逃げるのは駄目。

義務を放棄したとして地位を剥奪されるだろう。

闘うのも駄目。

領民が減少して経営が破綻すれば、それもまた地位を取り上げるネタになる。

だから、協力を申し出てくれた騎士団や冒険者たちには丁寧に断りを入れた。下手に戦力なんて持ってったら、その時点で戦闘に突入しかねない。

女公爵となったキリハは、あくまで平和的に領内の治安を回復させねばならないのだ。

しかし、腹を減らして怒り狂った人間が、そう簡単におとなしくなるわけがない。そもそも反乱なんて起こした時点で、連中は背水の陣。死に物狂いの農民一揆の恐ろしさは、日本史を齧れば嫌というほど分かるだろう。

これからキリハは、いわば一向一揆を平和的に解決せねばならないのだ。第六天魔王だって『無理ゲー』と呆れるミッション・インポシブルである。

「あたし一人を陥れるのにここまでやるとは、あのクソ女もいよいよ手段を選ばなくなってきたな」

「……やっぱり、これはユリアナの仕組んだことなんでしょうか？」

「王様が言ってたろ？　前公爵はユリアナの犬だって。このタイミングであたしにババを引かせるのを偶然と思うほど、あたしは頭の中お花畑じゃない」

女公爵に叙せられた後、キリハは内々にパトリック王と話したが、あの国王もそろそろユリアナを処分するタイミングだと思っているようだった。

害虫が湧くのは想定内だが、害虫は害虫。だがこの害虫、潰そうとすれば周囲に毒を撒き散らしかねないので、処理にはいささか手間がかかる。カメムシみたいに厄介な女だ。

『ここを乗り切れば、女公爵の地位と立場は盤石のものとなる。ユリアナ嬢も、これが乾坤一擲の最後の策だろう。さて、どちらが生き残るか見ものだな』

『よく言うよ。どっちにしろユリアナを生かしとく気はないくせに。使えないクズは十分に惹き付けてくれた。そろそろ全部まとめてポイするつもりなんだろ？』

『そうだな。出来ればもう少し獅子身中の虫を惹き付けて欲しいが、あまり欲張りすぎても良くない。ま、君の父親の前公爵含め、それなりのゴミを集めてくれたからな。これくらいで刈り取るのが理想だろう』

『けど、あまり見くびるなよ？　ああいう女は、生き残るためならどんなあくどい事も平気でやる。爆弾は解体の仕方を間違えたら、盛大に周りを巻き込んで自爆するよ？』

『そうならないためにも、女公爵にはユリアナ嬢の目を惹き付けてもらわねばな。どんなに優秀なハンターも、獲物に集中すればそれ以外が疎か(おろそ)かになるものだ』


期待していると笑った国王陛下だったが、キリハはよく言うよと呆れてしまった。

キリハが鎮圧に成功したら御の字だし、失敗したら役に立たない公爵家をひとつ潰せる。

どっちにせよ王国に損はない。実にあくどい為政者ぶりだ。

もっとも、だからこそ信用も出来る。

自分が上手く踊る限りは、それなりに配慮もするし協力もしてくれるだろう。


「……とりあえず、一番近い村に向かうぞ。宿は期待できなかろうが、馬を休ませて水を補給しないとな」


領境から領都まではおよそ三日かかる。道の荒れ具合も考えれば道程は延びるし、馬はこまめに休ませなければならない。

キリハたちは満場一致で、領境に一番近い村へ向かった……のだが。


「……なんか、煙が上がってないか？」

村に近づくと、黒い煙が上がっているのが見えてきた。

煮炊きの煙ではない。

不吉な色合いの、明らかに問題がありそうな黒煙だ。


「どうします？　近づくのやめておきますか？」

「……いや、どっちにせよ何処かの村で情報収集はしないといけないんだ。先延ばしにする利点はない。むしろ恩を売る機会かも知れん。ヒエン、悪いがお前の力を借りるぞ？」

「うむ、姐御を乗せて飛べば良いのだな」

「ああ、よろしく頼むよ。ジェラルドは様子を見ながら近づいてきな」


キリハは竜に戻ったヒエンに跨（また）がって空へ駆け上がる。

あっという間に村の上空に至ったキリハは、見下ろして状況をすぐに察した。


「これは……」

『魔物の暴走だな。我と姐御が出会った時よりは小規模だが』

村は無数の魔物に襲われていた。

魔物よけの空堀と柵でなんとか防いでいるが、一部が破れて魔物の侵入を許してしまっているようだ。村の一部が火事になり、それによって混乱に拍車がかかっているようだ。


『どうする？』

「もちろん、加勢する。助けりゃ恩を売れるからな」

『了解だ！』


キリハの許可を受け、ヒエンは魔物の群れへ急降下する。

その巨体で群れを蹴散らすと、結晶鱗（うろこ）から炎を吹き出して全方位を焼き払う。獣系統で構成された魔物たちが、火達磨（ひだるま）になって転げ回った。


「ブレスもお見舞いしてやれ！」

『うむ！』


炎のブレスが魔物たちを薙（な）ぎ払（はら）う。

普段は食い意地の張ったショタであるヒエンだが、さすがはこの世界で最強の生物であるドラゴン。魔物の群れはあっという間に駆逐され、生き残りが散り散りに逃げていく。

「ヒエン、村の上空に飛んでくれ、あたしは村の中の魔物を斬ってくる」

再び飛び上がって村の上で滞空したヒエンから、キリハはひらりと飛び降りた。

ジェラルドに請われて何度も練習したスーパーヒーロー着地を決めて竜から降りてきた少女に、村人たちが驚愕の声を上げる。

「冒険者だ！　村に侵入した魔物は何体だ!?」

「あ、ああ……ヘルハウンドが三体だ……」

「分かった」

村人の答えを聞くやいなや、キリハは騒ぎの起こっている方角へ走り出した。

傷付いた母親を庇って必死に棒を振り回している少年を見つけると、腰に吊った名刀ヨシカネを引き抜き、少年に飛びかかろうとしていた狼を胴から真っ二つにする。

呆然とした少年に、キリハはにやりと笑い掛けた。

「頑張ったな、坊主」

ぽんぽんと頭を撫でてやると、少年が顔を赤らめた。

可愛らしい反応をする少年に「母親の手当をしてやんな」と言い置き、次の魔物を探して駆け出す。

程なく、村に侵入した魔物はキリハに切り降された。

急場を脱したと悟った村人たちが、脱力したように座り込む。

刀を納めたキリハに、村長と思しき老人が寄ってきて頭を下げた。

「……感謝します、冒険者様」

「いいってことよ。それより、怪我人は結構いるのかい？」

「はい……魔物に傷付けられた者もいますし、火事に巻き込まれて大きい火傷をした者も……」

「もう少ししたら、あたしの同行者が馬車でやってくる。薬も多少はある。もちろん、なんらかの対価はもらうが」

「……この村に払えるでしょうか？」

「とりあえず、宿と井戸を貸してくれ。あと、使えそうな魔物の素材はあたしがもらう、ってところかな？」

「……分かりました。素材は好きなだけお持ちください。宿も用意させていただきます」

再び村長が頭を下げた。

程なくしてジェラルドが到着する。村人たちに薬と包帯を渡すと、キリハは馬車の荷台から村の様子を観察した。

「……初めて襲撃にあったってわけじゃなく、それ以前から被害があったようだな」

補修跡が目立つ家、壊れたまま放置された家屋がちらほら見える。これまで何度か小規模の襲撃があったように見受けられる。

思った以上に問題が多そうだと眉を顰めていると、馬車に少年が駆け寄ってきた。キリハが助けた、母親を庇って勇敢に魔物に立ちはだかっていた少年だ。

「姉ちゃん！　もっとよく効く薬はないか!?」

「……何があった？」

「母ちゃんが死んじまう！　お願いだよ、もっとよく効く……ポーションを分けてくれ！」

彼の母親はよほど重症なのだろう。通常の薬ではなく、即効性のあるポーションが必要なほどに。

「お願いだ！　金はないけど、オレを買ってくれ！　奴隷でもなんでもなるから、頼むよ！」

「…………」

少年は必死に言い募って土下座した。

キリハは荷台から降りると、地面にこすりつけている少年の頭をボカッと殴った。

「いたっ!?」

「アホか。あんたがいなくなったら、誰が母親の面倒を見るんだ？　自分のために犠牲になった息子を見て、母親がどれだけ悲しむと思うんだ？　軽々しく奴隷になるとか言うんじゃねぇ、餓鬼が！」

「うっ……」

「あたしは親不孝者を助ける気なんてさらさらないよ。あたしに何かを頼みたいなら、もっとあたし好みの頼み方をしてみな」

「…………」

少年がじっとキリハを見つめる。

キリハも、少年の目をじっと見返す。

……やがて、少年が、言葉を選びながらゆっくりと喋りだした。

「……姉ちゃんに、必ず、恩返しする。一生かかっても、必ず恩を返す。だから……助けてください……！」

「うん、いいよ」

満点、とはいかないがぎりぎり及第点だ。

キリハはジェラルドに振り返った。

「ジェラルド、魔法薬でもポーションでもなんでもいいからよく効くやつをくれ」

「いえ、急に言われても……積んでませんけど？」

「……役に立たない執事が」

チッと舌打ちされ、ジェラルドは慌てて言い訳した。

「このメンバーで強力なポーションなんて必要と思わないじゃないですか!?　それにいざとなればヒエンがいるし！」

「？　なんでそこでヒエンが出てくるんだ？」

「竜の血に治癒の力があるのは定番でしょう？　彼の血も、不死やら治癒やらの力がある筈です。ポーションなんて必要ないでしょう？」

「それを早く言え」


キリハは少年を連れ、村の外で待機しているヒエンのもとへ向かった。

呑気にあくびをするヒエンに、キリハは血を分けてくれるように頼んだ。

『分けるのは良いが……多分その母親が我の血を飲んだら死んでしまうぞ？』

「そうなのか？」

『我の血には治癒の魔力が籠もっているが、それは我というドラゴンの為の治癒だ。ただの人間が取り込めば、毒にしかならん』

「そいつは困ったねぇ……薄めるのじゃだめなのか？」

『魔法薬用の中和液で薄めれば良いが、すぐには用意できないだろう？　後はそうだな……我の涙か？　十分に血の魔力が薄まっている筈だ』

「涙、ねぇ。今流せるか？」

『そんなにすぐ涙腺を緩めることが出来れば苦労はしないぞ？』

「だよねぇ……」

「あの……姉ちゃん？　涙を流させれば良いのか？」

「ああ、そうだ。しかしドラゴンを感激させるような小噺(こばなし)なんてすぐには思い浮かばないし
ねぇ……」

「なら、これを食べると良いよ」


少年はそう言うと、そこらに生えていた雑草の一つを引き抜いた。


「昔から『苦虫』って呼ばれてる野草だ。涙が出るほど苦いんだ。これなら……」

「ふぅん……まぁ、ものは試しだ。ヒエン、食ってみろよ」

『わざわざ不味いものを、か？』

「もしかしたらドラゴンの舌には合うかも知れないだろ？　食わず嫌いは良くないぞ？」

『ふむ……そうだな。食わず嫌いは良くないな』

そう言って、ヒエンはキリハの手にあった苦虫をパクリと口に入れる。

しばらくもぐもぐしていたヒエンだが、やがて動きを止め、しばらくしてピクピクと身体を震わせ、そして「GWAAAAAA!!」と咆哮して身悶えはじめた。

『うぎゃあああああああああっ!!　苦い！　苦すぎる!!　なんじゃこれはぁぁぁぁあああああっっ!??』

どうやら、ドラゴンの舌にも合わなかったらしい。

びったんばったんと尻尾を地面に叩きつけながら悶えるヒエンの目から、やがて一筋の涙が『ダバー』と滝のように流れ、キリハと少年の全身をびしょ濡れにした。

「……まぁ、こんだけあれば大丈夫だろ。絞り汁でも母ちゃんの傷にかけてやんな」

「……ありがとう、姉ちゃん」

ドラゴンの涙でびしょ濡れになった少年が村の中へ引き返してゆく。

キリハは服の裾を絞りながら、未だ悶え苦しむヒエンに目をやった。

「……よく考えたらさ」

『うぐ……なんだ、姐御？』

「血の薄まった体液って、もしかして汗とかでも良かったんじゃないか？」

『……我の汗を飲みたいか？』

「いやまぁ、嫌だけど」

ドラゴンの汗よりドラゴンの涙の方が傷に効きそうだし、なにより清涼な印象がある。

世の中、イメージは大切だ。

「……ついでだし、あたしの絞り汁も村の奴に分けてやるか。まだ怪我人は多そうだからね」

『ふむ？　そんなに怪我人が多いのか？　魔物の数はそれほどでもないと思ったが？』

「男手が足りなかったんで、守り手がいなくて被害が大きかったそうだ」

『なぜだ？』

「村長に聞いた話じゃ、男たちは反乱軍とやらに引っ張ってかれたらしい。この先の村でも同じような感じらしいな」

『巣を守るオスがいないのか。それでは襲ってくれと言っているようなものではないか？』

「その通りだね。この先の村でも、厄介なことになってるかも知れないな」

これから先の旅の憂鬱さを思い、キリハは深々と嘆息した。

第四十五話　詰みでもチェックメイトでも好きな方を選べ

予想通り、キリハたちの領都までの旅は、ひどく憂鬱なものになった。

反乱に駆り出されて男手がなくなった村は、悲惨な状況に陥っていた。領境の村は、まだマシな方だったのだ。

食い詰めた村人たちが盗賊に身を窶(やつ)している例もあったが、老人と女性だけの盗賊には、襲われたキリハたちの方が同情してしまうほどだった。わずかばかりの保存食を渡すと、まるで神様のように拝まれた。よほど食い詰めていたのだろう。

他にも、魔物に襲われたらしき廃村もちらほら。人骨をつつくカラスには、豪胆なキリハもさすがに気分が悪くなった。


「最初の村の村長の話じゃ、『革命軍』とか自称してる反乱軍の連中、村という村から力ずくで男手を奪っていってるらしい。なんにもしなかった公爵家も悪いが、革命軍とやらも碌(ろく)なもんじゃないね」

「その革命軍だか反乱軍ですが、なんとか出来るんですか？」

「言っちゃなんだが、反乱軍って言ったって元は農民が大半だろ？　ヤンチャしてるヤンキーどもと変わらないよ。お山の大将を手早く排除できれば、脅しすかして何とかなるかも知れん」

「暗殺ですか……どう考えてもお嬢様の選ぶ手段じゃないんですけど……」

「キリハレーネは『悪役令嬢』なんだろ？　暗殺ぐらい日常茶飯事だったろうに」

「『このいと』はそんなサツバツとしたゲームじゃありませんよ!?　悪役令嬢はあくまでいやがらせがお仕事ですから！」

「だいたい、あたしもなんだかんだで今や女公爵様だ。貴族に暗殺は付き物だろ？　ま、それにしたって頭数が揃ってればの話になるが……」


キリハが突っ込めば容易(たやす)いだろうが、これはそれで解決する問題ではない。

領主側にもそれなりの兵力がないと脅しにならない。ただ頭を排除しただけでは、一揆衆はそのまま盗賊や野盗にスライドするだけだ。


「あたしの仕事は、反乱を鎮圧して、革命軍を農民に戻して、この領地をそれなりに平和な状態に戻すことだ。革命軍とやらがバラけて領地が荒れれば、その責任はもちろん領主のものだ。ただ暴れるだけじゃ解決にはならん」

「それ、かなりの無理ゲーなんですけど……」

「島原の乱も、鎮圧後は島原藩が改易の上で藩主の斬首だからねぇ。一揆やら反乱なんてのは、起こった時点でほとんど手遅れだよ」

極論すれば、反乱が起きた時点で領主の監督不行き届き。十分に改易の口実になる。なのにキリハが女公爵になんてなったのは、自称革命軍への生贄（いけにえ）という意味合いが強い。

悪い領主が死ねば、農民たちも多少は頭が冷えるだろうという国王や政府の思惑なのだ。

「エグい……乙女ゲーの世界なのに、考え方がエグい……」

「これくらい考えられないと政治の舵取り（かじとり）なんて出来ないだろ」

「うう……本来の運命（シナリオ）なら、反乱なんて予定にないのに……あのユリアナのせいで、僕のお気楽ライフはぶち壊しです……なんであんなのが紛れ込んできたんだか……」

ここまで丹念に整備してきた世界がたった一人の異物にかき乱され、ジェラルドは沈痛な顔で慨嘆する。

自分の不運をぶちぶちと呪うジェラルドだが、ふと何かに気付いた顔でキリハに問いかけた。

「……もしかして出発前に領を封鎖して欲しいって国王に言ったのは、外からユリアナの手が入るのを防ぐためですか？」

「革命軍とやらがグランディア領の外に出るのももちろん問題だが、あの女にこれ以上掻き回されたら面倒だからな」

キリハは何気ない顔で説明するが、ジェラルドの方は女公爵にされたあのタイミングでそこまで考えていたのかと、改めてキリハという人物に恐れおののいた。

というか、明らかに死地に赴いているのに、彼女はまったくいつもの調子だ。

いまさらながら、予定の少女ではなく彼女がやって来てくれたことに、ジェラルドはようやく救われた心地がした。

「キリハ様なら、なんとかしてくれそうな気がしてきました」

「さて、それは領都を見てみないと何とも言えんな」

道の先に見えてきた城壁を眺めてキリハが言った。

グランディア領の領都グランは、まるでゴーストタウンのように静まり返っていた。街の入口に門番は立っておらず、大扉が開けっ放しになっていた。

領都の中央の領主の城に辿り着いて、ようやく誰何（すいか）の声が城壁の上からかかる。

キリハが新しい領主だと名乗ると、城の跳ね橋が慌ただしい勢いでかかり、半開きの城門から転がるように一人の人物が転がりだしてきた。

「お、おおおおお待ちしておりましたキリハレーネ女公爵様！　私はグランディア領の代官でございます！」

「そうか。ならさっそく状況を――」

「状況はこちらに書き記してあります！　領主の印章もこちらです！　では！」

キリハに書類やら何やらを押し付けると、代官はそのまま町の外へ飛び出していった。尻に火がついたかのような必死の逃げっぷりだ。

「……あー、どういう状況か、ちゃんと説明してくれるか？」

そろりそろりと逃げ出そうとしていた兵士をひっ捕まえて問い詰めると、彼は悲痛な顔で報告した。

「……すでに革命軍を名乗る連中は、領都から一日の距離まで迫っています。その数はおよそ五万……この城には、すでに百名足らずの兵士しかおりません。このままでは磔にされると、多くの兵士が逃げた後で……代官様も、逃げるタイミングを今か今かとお待ちしていたようで……」

「ギリギリであたしがやって来たんで、全部あたしに押し付けたってわけか……邪魔したね。ほれ、逃げていいよ」

キリハが手を離すと、兵士も鎧や武器を捨ててスタコラと逃げ出した。
門番のいなくなった城壁を潜ると、人気はほとんどなかった。
キリハは、よく見知った気配を感じた。夜逃げした家の中のガランとしたあの空気だ。
城内を歩き回れば、装飾品の類がごっそりなくなっている。絨毯は引っ剝がされ、シャンデリアまで取り外されている。

「姐御！　倉庫に食べ物がなにもないぞ！」

真っ先に食べ物の確認に行ったグルメドラゴンが憤慨した顔で報告した。
どうやら、まさしくこの城の住人たちは、皆そろって夜逃げしたようだ。

「……こりゃ、戦う以前の問題だね」

ここまで来ると、もう本当に笑うしかない。他に出来ることがあるなら教えて欲しいものだ。

「……キリハ様ならなんとか出来るんです、よ……ね？」

「そんな縋るような目で見られても、これじゃあねぇ」

ずんずん進んで城の奥の執務室の扉を開けると、数人の老人たちがキリハを待っていた。

老人たちの先頭に居た、メイド服の老女が折り目正しく頭を下げた。

「お待ちしておりました、キリハレーネ・ヴィラ・グランディア女公爵閣下。私はこの城のメイド長でございます」

「あんたらは逃げなくていいのか？」

「私たちでは、若者の足手まといになりますから」

すでに死を受け入れているのだろう。メイド長以下、老人たちの表情は澄み切っていた。

「閣下こそ、お逃げにならなくてよろしいのですか？　失礼ですが閣下のようなうら若き女性が反乱を起こした不届き者たちに捕まれば、とてもお辛い目に遭われると思いますが」

メイド長が同情するような目でキリハに忠告してきた。

なんと言っても、今のキリハは泣く子も黙るグランディア公爵。革命軍の打倒すべき首魁なのだ。連中に捕まれば、さんざん痛めつけられた挙げ句嬲りものにされるだろう。

「くっころ」どころか、薄い本もドン引きな陵辱劇になるのは火を見るより明らかである。

「ふぅん……メイド長、あんたはなかなか信頼できそうな人物だな」

「どういう意味でしょうか？」

「あんただって、領地がこんなになるまで放っておいた公爵家には一物あるはずだ。なのにあたしを心配する言葉を発してくれる。良識を保った、信頼できる人物だ」

「……もちろん、私もこの地の民の一人です。公爵家にはひどい目にあっちまえと思っていることは否定しませんが、閣下のようなうら若い女性が嬲られるのを望むほど良心を捨ててはいません」

「それに、どうやら革命軍とやらにも思うところがありそうだ」

「村々から男手を無理やり攫っていくような強引な連中です。あんな者たちに健全な領地運営が出来ると思うほどお目出度くはありませんので」

「うんうん、了解した。なら、さっそく仕事をしてくれるか？　お茶を淹れてきてくれ。茶葉は多少なら馬車に積んできたからね」

「……かしこまりました」

「なんなら毒を入れてくれてもいいぞ？　革命軍に引き渡せばあんたたちの身も安泰だろ」

「非常に魅力的な提案をいただきましたが、残念ながら私たちにはプロの自負があります。毒を混ぜるのは言葉だけにさせていただきます」

「うん。ならよろしく頼む」

メイド長以下の使用人たちが頭を下げて執務室を出てゆく。

彼女たちのぴしっとした後ろ姿を眺めながら、キリハはどかりと椅子に身を沈めた。

「いやはや。こういうところにも人物はいるもんだ。芯の通った人間は見ていて気持ちよくなる。彼女を知っただけでもここまで来た意味があるな」

「いやいや！　それよりこれからのことですよ！　どうするんですか!?」

「どうする？　城に残ってるのはお迎えを待つ老人だけだぞ？　それで鎮圧なんて出来るはずもない。詰みだよ、詰み」

「そ、そんな簡単に詰みだなんて……」

「なら、チェックメイトでも将死でも好きな言葉を選べ。だが、言葉を繕っても仕方がない。もうこの時点で反乱は成功だ。勝つことは万に一つもありえないよ」

「そ、そんな……」

「なら、このまま旅に出るか？　我と姐御なら何処でも行けるだろう」

「そうしたいのは山々だけどねぇ……」

食べ物がなくて不貞腐れていたヒエンの申し出は実に魅力的だ。

だが残念ながら、今のキリハには様々なしがらみがある。

望まないものも多いが、望んで結んだしがらみも多い。そのすべてを見捨ててケツを捲っては、キリハのスジが通らない。

「ま、逃げるのはいつでも出来る。いつでも出来ることはいつかやればいい。今やる必要性は見当たらないね」

「な、ならどうするんですか!?　まさか逆転の秘策が!?」

「だから、勝てないって言ってるだろ。勝てない以上、打てる手は三つだけだ」

「三つもあるんですか!?」

「ああ。まず一つ目は、逃げることだ」

「……逃げないって言ったばかりですよね？」

「だな。そこで二つ目だが、尻尾を振って降伏することだ」

「……降伏しても許されそうにありませんけど？」

「だな。ま、あたしが振るのは尻尾じゃなくて尻になりそうだけどな」


けらけらと笑うキリハに、ジェラルドが頭を抱える。


「……笑ってる場合ですか？」

「まぁまぁ、まだ最後の手段が残ってるだろ？」

「……逆転できる手段なんですか？」

「だーかーらー、勝てないって言ってるだろ。逃げるのも降伏も無理なら、残された手段は一つしかない。相手の勝ちにケチを付けることだ」

「……………………………は？」

「だからケチだよ、ケチ。勝ち誇ってる相手の気分を台無しにしてやるんだ。勝てない以上、それくらいしかすることないだろ？」

　ジェラルドがまじまじと見つめていると、キリハはニヤリと笑った。実に人を食った、意地悪そうな、悪戯を思い付いた悪ガキのような笑顔だ。

「さて、どんなやり方で奴らの勝ちを台無しにしてやるかねぇ？」

第四十六話　インディペンデンス・デーーーイッッ!!

「諸君！　我々の闘争は最終局面に突入した！　いよいよ今日、我々を苦しめ続けたグランディア公爵の城に突入する！　我らが友、我らが父母の屍の上で豪奢に耽る悪辣な領主を今こそ打倒するのだ！　諸君！　あと少し、後ほんの少しだけ、諸君らの力をこのピエールに貸して欲しい！　我々を苦しめる公爵を打倒するため、我々の怒りと悲しみを晴らすため、そして何よりも――我々の自由を勝ち取るために！　我々の真なる独立のために!!」

うおおおおおおっ、と万を超す革命軍が雄叫びを上げる。

夜明けの平原には、グランディア領革命軍の参加者五万がひしめき合っている。それらが一斉に雄叫びを上げて自分の演説に酔っている様子を見下ろし、革命軍筆頭指導者ピエール・ロベスタンは胸中で高笑いを上げていた。

馬鹿な民衆たちめ、と。

「いよいよですね、ピエールさん」

演説台から降りたピエールに、彼の側近たちが笑みを浮かべる。

「ああ、いよいよだ。いよいよ我々が、この領地の支配者となるのだ。我々をこんな僻地に押し込めた連中も今頃慌てているだろう」

「あとは公爵家さえ打倒すれば……」

「ああ。王家と交渉し、我々がこのグランディア領の代官になる。王都の政治家たちとて、こんな問題だらけの領地を直接支配しようとは思うまい。必ず我々が領政の中枢に食い込める……もちろん『我々』とは、苦楽を共にした真の同志たち、に限るがな」

ピエールたち革命軍指導者たちがニヤニヤと笑う。

彼らはグランディア領の騎士階級の出身者たちだ。それも、次男や三男といった主流から外れた者たちだった。

公爵を筆頭に、グランディア領の本来の上層部は思い通りにならない領地を嫌って代理の者たちを置いていた。ピエールたちは公爵家を補佐する騎士家の当主や嫡男の代わりにと、王都からこの領地へ飛ばされた冷や飯食らいたちだ。

自分たちが貧しい領地で苦労する間、父や兄が王都で悩みなく生きていると思えば、自然と恨みが積もる。その積もった恨みがとうとう二ヶ月前、第一王子の使者を名乗る者が訪れたことで爆発した。

『あなたたちの父親や兄弟を見返してやりませんか？　悪政を続ける公爵家を打倒したなら、グランディア領の上層部は責任を取って一掃される。そうしたら、あなたたちが新しい当主になればいい』

第一王子は手っ取り早い手柄を求めているらしく、彼が出向いた時にいち早く臣従を表明して頭を下げれば、あとは悪いようにはしないと言っている。

どのみち、このままでは死ぬまで冷や飯食らいだ。それなら一旗揚げてやると、ピエールたちは入念に準備をして反乱を起こした。

そして、反乱は彼らの思う以上に順調に進んだ。

すでにグランディア領は革命軍の勢力下だ。あとは領都さえ落として公爵家当主を血祭りに上げれば、自分たちが親兄弟を蹴落として貴族になれるのだ。

「さぁ、行こうか。我々の栄光のために」

『栄光のために』

欲望に燃える指導者たちに率いられ、革命軍が進みはじめる。

いよいよ今日で決着が付くと、これまでになく早い進軍速度だ。

昼を幾らか過ぎた頃には、領都グランの外壁を視界に収める距離にまで近づく。


「では、愚鈍な民衆たちに突撃させますか」

「おいおい、一応連中も我々の仲間だ。あまりに見え透いた捨て石には出来んぞ」

「なら、オレが一番槍を。なに、城に兵士はほとんど残っていないそうです。迎撃なんてありませんよ」


ピエールたち革命軍指導者たちは、すでに確定した勝利に浮かれながら相談する。

あとはどうやって分かりやすい手柄を演出するかだけなのだ。

軍議とは名ばかりの井戸端会議を続けている革命軍指導者たちだったが――


――グルォォオオオオオオオオオオオオオオオオオオオオオオッッ!!

ビリビリと空気を震わす強烈な咆哮にビクリと腰を浮かす。

いったい何事だとテントを出て確認すれば、彼らは自分の目を疑うような光景を目の当たりにした。

「ど、ドラゴン……!?」

それは、領都の中心。公爵家の城が、巨大な赫(あか)いドラゴンに燃やされている光景だった。

赫い竜……全身から太陽の光を反射する綺羅(きら)びやかな鱗を生やすそれは、明らかに上位の成竜だった。

「馬鹿な……紅蓮竜だと!?」

――グルォォオオオオオオオオオオオオオオオオオオオオッッ!!

紅蓮竜は領主の城を炎で焼却すると、ウサを晴らしたと言うかのようにひらりと飛び上がって空の彼方(かなた)に消えていった。

革命軍は突然姿を現し、自分たちの攻略目標を灰にしたドラゴンに、ただただ唖然とするばかりだ。

「……どうしますか、ピエールさん？」

「……どうもこうもない。状況を確認するしかないだろう」

慎重に領都に接近した革命軍は、ほとんど無人の領都をあっさりと占領した。

そして問題の紅蓮竜だが……何があったかは、刑務所の牢屋に閉じ込められていた老人たちによって判明した。

領主の城でメイド長を務めていたという老女が、真面目くさった態度で説明してくれる。

「城にやってきた新しい公爵様は、なんと竜を従えておいででした。その竜に、革命軍を蹴散らせとお命じになられたのです」

その説明を聞き、ピエールたちの顔が青褪めた。

もしあの紅蓮竜が襲い掛かっていたら、自分たちは抵抗する間もなく消し炭にされていただろう。

「私たち城に残るしかなかった者たちは必死になって公爵様をお諫めしましたが、公爵様は

『貴様らも革命軍の仲間か!?　ならば牢屋で仲間たちが焼き尽くされるのを待っているがいい！』と仰(おっしゃ)って、私たちを投獄なされました。そして私たちが牢の中で絶望していると、あの竜の咆哮が鳴り響いたのです」

「……いったい何が起こったのだ？」

「推測になりますが、おそらく竜のお方が公爵様をお見捨てになったのだと思います。革命軍を蹴散らせという公爵様の命令に、竜のお方は不快感を示しておられました。人間たちの争いに上位竜たる自分を巻き込むなど愚弄しているのか、と。それでも強要する公爵様に、竜のお方も我慢が出来なくなったのではないでしょうか」

「…………」

ピエールたちは顔を見合わせたが、牢の中に居たメイド長たちをこれ以上問い詰めても有益な情報を得られないだろうと、彼らを早々に解放した。

「ありがとうございます。あのいけ好かない悪女が処刑されるのを見物できなかったのは心残りではございますが、狭苦しい牢屋から出していただいたことには感謝しております」

メイド長たちはそう言って、先に逃げた親族たちと合流すると言って領都から出ていった。

領都を占領した革命軍だが、ピエールをはじめとした指導者たちは喜んでいいのか怒っていいのか悲しんでいいのか、どんな表情をすべきか定まらず、ただただ互いの顔を見合わせて唸るばかりであった。


「……どうする？」

「ほんとうに公爵は死んだのか？　死体は確認していないが……」

「確認できるはずなどない。城の有様を見ただろう？　岩が溶けるような高温で焼かれているのだぞ？　人体など骨も残らん」

「なら、生き延びていると？」

「壮大な自作自演の可能性はあるかも知れんが……」

「なら、公爵を探すか？　もし公爵位を投げ捨てて逃げたなら、すでに領の外へ落ち延びた可能性がある」

「それでは革命軍が分解しかねん。行方も定かでない公爵を捜索しろといっても士気が保てるかどうか……」

「そもそも死んでいる可能性もある。捜索自体が無駄になりかねん」


うーん、と指導者たちは何度目か分からない呻きを漏らす。

会議をはじめてから、同じところを堂々巡りするばかりだ。

悪の象徴である公爵の身柄が消え、彼らの想定していた決着が果たせなくなった。

ここまで順調に推移した分、この最後の最後で訪れた計画のズレに、革命軍指導者たちは意見が纏まらずにいた。

「……経緯はともあれ、悪政の元凶であった公爵が消えたのだ。革命軍として勝利宣言をしなくてはならないだろう。このまま結論を出さねば、軍全体が暴徒化する恐れがある。決着を告げ、早々に解散させなければ」

結局、ピエールの消極的ではあるが真っ当な意見に皆が頷き、領都を占領した旨の勝利宣言を告げた。

革命軍参加者たちは、自分たちの恨みを晴らすべき公爵の処刑を行えずに不満顔であったが、故郷の村へと三々五々と戻っていった。

「……それでピエールさん。王都へ連絡は？」

「連絡員は領境で追い返されたそうだ。グランディア領の周囲は、国王の勅命によって封鎖されているらしい」

「反乱を起こした領地に対して真っ当な処置ではあるが……」

「では、第一王子殿下は？」

「いつ来ていただけるか不明な以上、殿下が来るまでは我らで領を治めねばならないだろうな……」

『…………………』


自分たちは勝った。勝った筈だ。

なのにまったく勝った気がしない。

革命軍指導者たちは、勝者とは思えぬ重苦しい顔を見合わせた。

第四十七話　道化師の空回り

　ピエールたちはグランディア領を暫定統治するに当たり、自分たちを革命指導者会議と名乗った。

　さっそく革命指導者会議によるグランディア領統治が始まったが……すぐに彼らは罵り合いを始めることになった。

「税を取れないとはどういうことだ!?」

「どうもこうも、あの村は税の免除を約束して革命軍に引き込んだのだ。いまさら盟約を反故にするわけには……」

「そんなこと言っている場合か！」

「おい、革命軍の一部が盗賊になったと苦情が来ているぞ!?　戦略担当議員の職務怠慢じゃないのか!?」

「こっちだって訓練した兵士には限りがある！　すぐに対応できる余裕などあるか！」

「そんなことより人手が足りん！　兵士もいないが、文官はさらにいない！　もっと人をよこせ！」

「無茶言うな！　革命軍は字も書けない農民が主体なんだぞ!?　字を書けて計算できる人間がどれだけ貴重だと思っているんだ！」

「人をよこせ！」

「てめぇでなんとかしろ！」

革命指導者会議の初代議長となったピエールは、喧々囂々（けんけんごうごう）と非難と文句が飛び交う会議を憂鬱に眺めた。

自分たちは勝った。反乱を、革命を成功させた勝利者だ。

なのに、何でこんな事になっている？

自分たちは栄光を勝ち取り、称賛を受けている筈ではなかったのか？

なのに、なんでこんな風に罵り合っているのだ？

栄光と勝利を約束し合った同志たちの罵り合いに辟易（へきえき）し、ピエールはバンッと机を叩いて議員たちを黙らせた。

「……人員は補充するしかないだろう。領内に革命指導者会議への参加者を募れ。使える者がいれば、それぞれの議員がすぐに採用してくれていい」

「しかし……すぐに使えるような人間がいますか？」

「罵り合っているよりはマシだ。ともかく、なんとか領内を落ち着かせるんだ。このままでは……我々が非難の対象になりかねん」

『……………』

「とにかくなんとかするんだ。なんとか……」

さもないと自分たちが、と続きそうになるのを、ピエールはなんとか押し留めた。

不満を飲み込んで会議室を出ていく面々を見送り、一人になったピエールは頭を抱えた。

「……どうしてこんなことに……」

※　※　※

それからしばらく領民たちからの苦情に顔を顰めていた指導者会議だったが、やがてスムーズに領内の統治が回りはじめるようになった。

その立役者ともいえる税務担当議員に、他の議員たちが久方ぶりに朗らかな顔になって彼を褒め称えた。

「いやはや、君にこんな才能があったとは」

「これでようやく、食料不足に怯えなくて済む」

「いやいや、私の力など些細なものだ。部下が全部やってくれたのさ」

「へぇ？　君の部下にそんなに有能な者がいたかな？」

本当に久しぶりの穏やかな会議に、ピエールもにこやかな笑顔で話題をふる。

税務担当議員も、笑顔で議長に答えた。

「いえいえ、領民から募った協力者ですよ。まだ若いですが、実に有能で、部下の扱いも上手い。本当に頼りになりますよ」

「君がそれほど持ち上げるとは……それならこの会議に呼んでみたらどうだ？　私からもぜひ労いの言葉をかけたい」

「そうですね。議長からの労いの言葉があれば、彼女もさらに奮起するでしょう」

「……彼女？」

呼び出された件の人物が会議室に入ってくると、議員たちの顔が驚きに染まる。

上手く領内統治を回しはじめた立役者とは、十代中盤のまだ若い、とても美しい少女だった。

「議長閣下には初めてお目にかかります。リレーネ・ランディと申します」

美少女——リレーネが折り目正しくカーテシーをして挨拶をした。その洗練された仕草に、田舎騎士の議員たちがさらに驚愕する。

「……リレーネ君。君は何処かの貴族の出か？」

「以前は王立学園に通っておりました。しかしながら家の都合でひどい土地に送られそうになり……その、恥ずかしながら出奔いたしまして……」

少女が恥ずかしげに告白する。ツリ目がちな、気の強そうな少女だ。気に入らない結婚を強いられて出奔したと言われれば、たしかにやらかしそうな気配がある。

そして、王立学園に通っていた貴族子女なら、この洗練さも納得だった。それなりの教育がされているのだろう。

「君のような人材がいてくれて助かるよ。これからも税務担当議員の力になってやってくれ」

「畏(かしこ)まりました、議長閣下」

再び洗練された挨拶をするリレーネに、ピエールも久方ぶりに笑顔を見せた。

※　※　※

議員たちに注目されるようになったリレーネだが、彼女の上司である税務担当議員が言う通り、彼女はとても有能だった。

とにかく、人を動かすのが上手い。

人の不得手をすぐさま察し、より力を発揮できる仕事を割り振る。それで成功した者は彼女の知見に感動して信頼し、友人に彼女のことを伝える。リレーネはやがて、税務だけでなく他の部署からも相談を受けるようになった。

そしてそれは、革命軍だけに限ったことではない。

領民からの苦情や訴えも、リレーネは速やかに解決していった。

手が足らず放(ほ)ったらかしにされていた盗賊に悩まされる村には、自ら出向いて村人たちを指揮して盗賊たちを追い返した。

食料が足りないという訴えには、予め把握していた食料に余裕のある村から供出させた。もちろん、食料を出した村には来年の税を免除する見返りも与えた。

有能なリレーネに、革命指導者会議の面々は、はじめは彼女をありがたがった。

だが、やがて不安を感じ出した。

その最初の一人は、彼女の直属の上司である税務担当議員だった。

彼の部下が、いつの間にか自分よりリレーネを頼りにしているのを見て、彼は彼女が自分の地位を奪うのではと恐れはじめた。

下剋上を恐れる彼は、密かに彼女を領都から遠く離そうと企んだのだが……それは彼の部下たちが反対した。彼女が居なければ、もはや仕事が回らない。彼女を排除するなんてもっての外だ、と。

部下に諫められた税務担当議員だが、それは余計に彼の猜疑心を刺激するだけだった。

リレーネを恐れた彼は、とうとう昼の往来で彼女に襲い掛かった。彼女の悲鳴を聞いて人々が駆け付けると、リレーネは上司に伸し掛かられて服を破られていた。

「こいつっ！」

「何しているんだ！」

「うるさい！　女は黙って従ってればいいんだ！　女如きが私の、私の地位を奪うなど！　許されるはずがあるかァァァあああ!!?」

結局、税務担当議員は婦女暴行の現行犯で役目を追われた。彼の任を引き継いだのは……当然の如くリレーネだった。

「非才の身ですが、グランディア領のために粉骨砕身し力を尽くします」

そう言って指導者会議で決意表明するリレーネに、議員たちは疑いの目を向けた。

あまりにも鮮やかに上司を解任させ、議員の地位を手に入れた。

見事な下剋上だ。たとえ、彼女にその意志があろうとなかろうと……。

否、リレーネの本心など関係ない。

重要なのは、領民の期待が、指導者会議よりもリレーネ個人に向けられはじめていることだった。

「……ピエール議長。彼女を解任できないのですか？」

「無理だ。各部署が納得しない。文官も兵士も彼女を支持している。ここで無理やり解任などしたら、我々指導者会議の公平性が疑われる」

革命指導者会議は、グランディア領の公平で健全な統治を行うという名目でピエールたちが議員の席を占めている。反乱を起こして指導者の地位に座る彼らを保証しているのは、領民からの支持だけなのだ。その領民の支持を裏切れば、彼らの正当性が揺らぎかねない。

「しかし、このままでは……」

指導者会議の面々が押し黙る。

反乱によって支配者の席に座った彼らが恐れるのは、別の誰かが反乱を起こすことに他ならない。

反逆者は反逆したが故に、他者の反逆を過敏に恐れるのだ。

「……しばらくは様子を見よう。彼女が有能なのは確かなのだ。彼女の功績は指導者会議の功績だ。そうだろう？」

『…………』

ピエールの決断を先延ばしするような意見に、議員たちは押し黙ったままだった。

理屈ではない。感情が、恐れが、リレーネを認められないのだ。

その感情は、すぐに指導者会議で爆発することになった。


「資源管理議員。あなたには横領の疑いがあります。革命軍の立ち上げ時、資源を領外へ横流ししましたね？」

「で、でたらめだ！　そんな証拠がどこに……」

「証拠ならあります。当時のあなたの部下から事情聴取し、取引内容の写しも手に入れました。言い逃れは出来ません」

「それは……それは革命に必要だったのだ！」

「なら、それは革命軍に還元されていなければなりません。しかしそうでないなら、これは着服に他なりません。いまならまだ指導者会議に着服した金銭を提出すれば不問に出来るかと思いますが？」

「ぐっ、ぐぐっ……」

「あくまで指導者会議は、王国が統治団を派遣してくるまでの代理です。王国の代官が来た時に備え、我々は公平で健全な統治をしていたことを証明せねばなりません。そうではありませんか、議員の皆さん？」

『…………』

議員たちの顔が赤や青で色分かれした。

もともとが、自分の立場や地位に不満を持って反乱を起こした連中である。うまい汁が吸える立場になって、それを我慢できたものなど居なかった。

ここにいる者たちは、すべてが何らかの不正を犯していたのだ。

「……消そう」

会議の後、ピエールたちは人知れず集まって、リレーネの排除を決めた。

「あの小娘がこのまま我らの不正を暴き立てたら、この領地どころか、この後代官が派遣された後にも王国に居場所がなくなってしまう。我らが滅ばぬためには、あの小娘を消さなければならない……」

議員たちは無言で頷いた。

すぐに、信用できる子飼いの部下たちを使って、リレーネを拉致することが決定した。
だが、部下たちはリレーネの確保に失敗した。

「この役立たずが！」
「し、しかし、あの小娘はかなりの使い手です。我らも手傷を負いました。あの戦力では……」
「言い訳をするな！　貴様らは粛清だ！」

ピエールは自分で剣を振るって部下たちを斬り殺した。

「拙い……この騒動を多くの人間が目撃してしまった……このままでは我々があの小娘を排除しようとしたことがバレてしまう……」

いや、すでにバレている。
すでに領都から、統治業務に関わっていた指導者会議の部下たちが多数脱出していた。
すでにピエールたちは、民から見捨てられはじめたのだ。

「もっと穏当な方法があっただろ！」

「何を言う!?　お前だって小娘の排除に賛成したはずだ！」

「それより小娘を追いかけるんだ！」

「いまさら間に合うか！」

議員たちが……栄光と勝利を夢見て反乱を起こした同志たちが、口汚く罵り合った。

血塗(ちまみ)れの剣を握り締め、ピエールは同志たちの醜悪な姿を呆然と眺めた。

「なぜ……なぜ、こんなことに……」

※　※　※

リレーネが領都から脱出して三日後。事態は指導者会議の想像を絶する速度で進行した。

領都の周りを、多数の農民たち――かつて革命軍としてピエールたちに従っていた人々が集まり、口汚くかつての指導者たちを弾劾していた。

「この卑怯者(ひきょうもの)ども！　自分たちだけ良い目を見ようとしやがって！」

「お前たちもかつての公爵と同類だ！」

「お前らのせいでオレの村がなくなった！　貴様らが反乱なんて起こさなければ……！」

「オレたちの暮らしを返せ！」

「オレたちの金を返せ！」

「オレたちの平和を返せ！」


町の外から響き渡る弾劾の叫びに、指導者会議の面々はすっかり窶れ果てていた。

皆頭を抱え、反乱を起こしたことを後悔していた。


「……どうする？」

「どうするも何も、逃げるしかないだろうが！」

「だから、どうやってだ？　すでに領都の外は農民たちに囲まれている。俺たちの顔は覚えられているだろう。逃げることこそ至難の業だ」

「ならどうするんだ！」

「俺が知るか！　だいたいお前が俺を巻き込んだんだろうが！」

「何だと!?　反乱なんて言い出したのはお前じゃないか！」

「ほざけ二枚舌が！」

「…………」

ピエールは一言も発せず、同志たちを眺めていた。

もう、どうしようもない。そのことを誰よりも察しているがゆえ、罵り合いに関わる気概も湧いてこなかった。


「だいたい、公爵家の人間を処刑できなかったのがそもそものケチの付けはじめだ！　木の根草の根を分けても探していればこんなことには！」

「死んでいるかも知れないと言ったのは貴様だろ!?」

「生きているかも知れないじゃないか！」


そうだ、ケチの付けはじめはそこだ。

公爵家の人間を処刑できなかった。それが勝利を曖昧なものにした。民の怒りの矛先を曖昧にしてしまった。

その曖昧になった矛先が、いま自分たちに向けられている……。


「お前の……お前らのせいでぇぇえええええっ!!」

罵り合う言葉も尽きはじめた頃、議員の一人が剣を抜いた。

一人が抜けば、後は連鎖反応だ。

会議室に剣呑な空気が充満する。


「や、やめろ！　いまさら殺し合いなどして――」

「うるさい！」


押し止めようとしたピエールの胸を、剣が袈裟懸けに断ち切った。

ピエールはくぐもった呻き声を上げ、力なく椅子にもたれかかった。


「貴様！」

「こうなったらお前らの首で……！」


議員たちが殺し合いを始めた。

傷口を押さえながら、ピエールは彼らの同士討ちを言葉もなく眺めるしかなかった。

目を血走らせ、口汚く罵りながら殺意を迸らせるかつての同志たちは、あまりに醜悪で……

あまりに見苦しかった。

「…………」

程なく、会議室は血の海に沈んだ。

まだ息があるのは、皮肉にも最初に斬られたピエールだけだった。

だが、助かる傷ではない。

しばらくすれば、自分も血の海に沈んだ同志たちの仲間入りだ。ちょっとだけ、地獄行きが遅れただけの話だった。

「おやおや、これはとんでもなく血腥いことになってるねぇ」

血の臭いでむせ返る会議室に、一人の少女が入ってきた。

彼らが排除しようとして、それが彼らの崩壊の引き金となった少女。

「……リレーネ……貴様……？」

ピエールは眉を顰めた。

血の海を気にせず歩み寄ってくる彼女の雰囲気が、自分の知るリレーネとは一変している。

なんというべきか……輝きが違う。

他を圧し惹き付ける、綺羅びやかな生命力が全身から迸っている。

元から人の視線を惹き付ける少女であったが……今の彼女は、一度目にしたら視線を逸らせない強い存在の引力がある。

「ああ、すまん。リレーネっていうのは偽名なんだ」

「……偽名、だ……と……？」

「あたしの名前はキリハ。キリハレーネ・ヴィラ・グランディア。グランディア女公爵だ」

「なっ……がぁ、あ……!!」

立ち上がろうとして果たせず、ピエールはただただリレーネ……否、キリハレーネを睨み付けた。

彼が討ち取ろうとして果たせなかった公爵が、手を伸ばせば届く距離にいるというのに、もはやピエールは腕を持ち上げる力すらない。

「…………は、はは……はははははっ！　ははははは、げっ……ははっ……な、ぁんだ……私は、最初から……道化だった……のか……」

「あたしは道化から脱するチャンスを与えたと思うけど？　公平で健全な政治をすれば、誰が統治したって関係ない。それがあんたらの主張だったろう？　公平で健全になれば良かったのにさ」

「……く、く……なるほど、なぁ……これは敵わぬ……敵うはずがない……私なんか、とは……役者がちがう……は、は……私は、道化にすら……ごぶっ……」

「もう黙っとけ。苦しむだけだぞ」

「……悔しいなぁ……悔しいなぁ……私は、あなたの敵にすらなれなかった……ああ、せめて、せめて敵として死にたかったなぁ……こんな間抜けな道化じゃなく、あなたの敵として果てれば、せめて後悔だけは……」

「…………」

「悔しいなぁ……悔しい、なぁ…………」

それが、革命軍筆頭指導者にして革命指導者会議議長、ピエール・ロベスタンの最後の言葉だった。

「……仇を取ってやる、って言ってやれるほど深い仲じゃあないが、安心だけはしとけ。ケジメだけは、きっちり付けておいてやるよ」

キリハの言葉が、はたして死に際のピエールに届いたのか。
だがピエールの死に顔は、思いの外穏やかではあった。

……キリハが公爵位を継承してから、およそ二ヶ月半。
こうして、グランディア領の反乱は、あっけなく収束した。

第四十八話　乙女ゲーヒロイン(笑)は……

その日の朝はスッキリと目覚めた。

気持ちの良い朝日。空はどこまでも澄んでいる。

清々しい一日の始まりに、ユリアナはにっこりと笑った。

「良いことがありそう。今日あたりには、あの悪役令嬢が死んだって知らせが届くかしら？」

ルンルン気分で学園に向かい、ペットたちにチヤホヤされていると、外から来客が訪れたと知らされた。

さては待ち望んでいた知らせかとスキップしながら向かうと、待合室に居たのは肥満体の中年男性だった。

グランディア『前』公爵だ。

これはいよいよ確定だと朗らかな笑みで用向きを問いかけると、前公爵は汗を拭きながら口を開いた。

「……キリハレーネが、グランディア領の反乱を収束させたそうです」

「………………何を言っているんですか？」

「そ、それが……今朝になって王城にキリハレーネから知らせが届いたと。一度は反乱勢力に領都を占領されたが、現在は奪還し、キリハレーネが公爵として統治を回復させつつあると……」

「…………」

「グランディア領の封鎖も解かれ、王の監査官が調査に赴くとか……もしキリハレーネの報告が事実なら……」

「事実なら？」

「……キリハレーネの公爵としての地位は、揺るがぬものになったかと……」

簡単な一次報告ではあるが、領民に大きな被害はなく、死傷者は反乱の首謀者である騎士階級の代官補助者のみ。おまけに、領民たちは新しい公爵を受け入れて従っているという。

詳細な状況はこれから調査されるであろうが……九割九分九厘まで成功した反乱を、民の犠牲もなくひっくり返したなら、これは前人未到の偉業だ。

評価は、結果に付いてくる。

キリハレーネ女公爵は、先代まで積み重なった領民の不満を解消した、稀に見る有能な領主と見られるようになるだろう。

「陛下の機嫌も良く……なんらかの報奨が与えられるという話も……」

「…………」

ユリアナは、無言だった。

無言で、無表情だった。

ただじっと、なにかに耐えるように口を噤み、顔に仮面を被っている。

「……ユリアナ様……？」

「…………ご苦労さま、前公爵閣下。また頼みたいことが出来たら呼びますから、その時はすぐに来ていただけると嬉しいです」

「っ！　は、はい！」

前公爵は安堵の笑みを浮かべて退室していった。また頼みたいことがある……まだ見捨てられていないというユリアナの言葉が、彼を心から安心させたのだ。

「…………」

前公爵が退室した後、ユリアナはまんじりともせず座りっぱなしだった。前公爵に向けた笑顔も今はない。

ただただ、身を固くして身動ぎもせず座っている。

やがて、なかなか帰って来ないユリアナを心配して、彼女の騎士を自認するオルドランドが姿を見せた。

「どうしたんだ、ユリアナ？　こんなところで一人で？」

「……ねぇ、オルドランド。今夜ここに男を呼び出すから、始末してくれる？」

「うん？　その男は、ユリアナに何をしたんだ？」

「わたしに恥をかかせたの。女の子に恥をかかせる男なんて、生きてる価値があると思う？」

「ないな！　うん、それは騎士の務めだ！　俺に任せておけ、ユリアナ！」

オルドランドは目を輝かせて部屋を出ていった。人を殺せと命じられたのに、子供のように無邪気に喜んで……。

オルドランドが出ていってからも、ユリアナはじっと座っていた。

だが、彼女の口が小さく動いていた。

ユリアナは小さな声で、ぶつぶつと、

「……なんでよ？　……………なんでよ？」


何度も何度も繰り返していた。

自問自答ではない。癇癪を起こした子供が大声を出して『聞こえない！』と言っているかのような……現実を受け入れられない者の拙い抵抗じみた何かだった。

「ありえない……わたしの思い通りにならない奴なんて居ちゃいけないのよ……そうよ、わたしはいつだって気に入らない奴を思い通りに…………？」

チクリ、と頭の奥に痛みを感じた。
もどかしい痛みだ。何かが奥歯に引っかかっているような不快感がある。
何か……何かを思い出せないでいるかのような……。

「……ちっ。まぁ、いいわ。あの女が王都から離れているなら好都合。もう少ししたら、次のイベントだものね」

不快感を打ち消し、ユリアナはにたりと嗤った。

「楽しみだわ……なんと言ってもわたしの活躍イベントだもの」

ワクワクした声を出すユリアナだが、果たして彼女は気付いているのだろうか？
これは現実だから慎重に行動しないと、などと自分に言い聞かせていた彼女が、いつの間にか、この世界をゲームのように自由に出来る――否、自由に出来なければならないと思い込んでいることに。

「楽しみだわ」

遊戯に興じる子供のような顔で、ユリアナは笑った。

第四十九話　内政チートなら任せろ！

「いまこそ僕の用意していた内政チートが火を噴く時！　窒素リン酸カリウムで収穫量倍増！　石炭で技術革命！　トドメは複式簿記で書類革命じゃあっ!!」

「最後がショボい気がするけど？」

「何を仰るウサギさん!?　書類の一新は今しかできない急務です！　統治者が一掃されたこのタイミングでなければ、官僚の意識は改善できません！」

「……ジェラルド、お前、ウザい」

「姐御、こいつは本当にジェラルドか？　我の知ってるジェラルドじゃない。キモい」


革命指導者会議が一掃された後のグランディア領。キリハはあっさりとこの地の領主として返り咲いていた。

公平と健全を謳った革命軍の杜撰な統治に領民たちが失望したのもあるが、指導者会議に潜入したキリハの有能さが知れ渡っているのも大きい。キリハが領民たちに女公爵であることを告げても、彼らはあっさりとそれを受け入れ、彼女を新しい領主と仰いだ。

まぁ、ここまでは良い。支配者の交代など、実のところ民にとって些事なのだ。問題は、新しい支配者が良いか悪いかだけだ。

この点では、キリハには思いもかけない味方が居た。

これまでキリハに振り回されるだけだったジェラルドがサポートキャラとして覚醒し、「こんなこともあろうかと！　こんなこともあろうかと！」と言って、用意していた内政チートを惜しげもなく投入した。

ちなみに何度も「こんなこともあろうかと！」と言うのがウザく、十回目を繰り返したあたりで黙らせた。

「僕は本来、転生悪役令嬢のサポートとして現世に降臨したんですからね。内政チートの用意は万全です！　いよいよ僕の存在理由を示す時！」

「……まぁ、ウザいけど役に立ってるし、本人が嬉しそうだからいいか」

「だがキモいぞ、姐御？」

「ジェラルドだからしょうがない、って思っておけ。そうすれば大抵のことはスルーできる」

「……それもそうだな」

ショタ垂涎の半ズボン姿のヒエンが、マカロンを口に放り込んで頷いた。

ちなみに紅蓮竜の姿を見せて飛び去ったヒエンだが、キリハが潜伏している間、王都のリッタニア侯爵令嬢に保護されていた。

後にキリハがヒエンから聞いたところによると、リッタニアはヒエンとお茶会とデートを繰り返し、美味しいものを食べるショタ姿のヒエンをとろんとした目で眺めていたらしい。しかも、一緒にお風呂に入……りかけたのだが、リッタニアが鼻血を出してぶっ倒れたのでお風呂だけは回避できたらしい。

危ないところだったなとキリハが肩を叩くと、ヒエンは疑問符を浮かべて首を傾げた。さすがのドラゴンも、まさか自分が貞操の危機だったなどとは想像の埒外らしかった。

「これまで、キリハ様の暴力と悪略に振り回されてましたが、これこそが僕の本来の役割！このまま役立たずで終わるのではとヒヤヒヤしてましたが、いよいよ僕の時代ですよ！」

「……本当に嬉しそうだね……」

「そりゃそうです。ここまでまったくシナリオにないイベントの目白押しでしたからね！本来はこの内政チートも戦争後に使用する筈のものでしたが、ここまで来たらもったいぶらずに一挙放出です！」

「……戦争？」

聞き流せない一言に、ジェラルドの話に上の空だったキリハがぴくりと反応した。

「……そういえば『反乱なんてイベントは後味悪くなるだけ』って言ってたな？　それじゃもしかして、反乱じゃないイベントもあるってことか？」

「ええ。『このいと』の後半にしてクライマックスでは、最後の攻略対象がヴィラルド王国に戦争を仕掛けてきます。ファンタジーでお馴染み（なじみ）の、魔王が」

「…………」

とりあえず、ジェラルドの頭を殴っておいた。

反乱は終わり、戦争が始まる。

第五十話　魔王

「具合はどうだ、リディリィアーネ？」

「悪くありません、ヴァナルアーダお兄様」


ベッドに横たわる少女に、屈強な体軀(たいく)の男が気遣わしげな声を掛ける。

青白い肌に赤い瞳、そして頭から角を生やした、魔族の兄妹(きょうだい)だ。

仕立ての良い高い身分を感じさせる衣服を纏う兄は、野性的でどこか危険な雰囲気を薫らせる美丈夫である。だがその鋭く整った顔には、暗い苦悩の影が落ちていた。

窶れがちな、しかしそれでもなお美しく優しげな美貌の少女が、気遣わしげに覗(のぞ)き込(こ)む兄に向かってにこりと微笑み返す。


「むしろ、今日はいつもより調子が良いんです。お兄様こそ、目の下に隈(くま)が出来ていますよ？　無理は禁物ですからね？」

「……アーネには敵わないな」

妹の白髪をさらりと撫で付けながら、ヴァナルアーダは優しく苦笑する。

「……もう少ししたら、まとまった休暇が取れる予定だ。そうしたら、ゆっくりと眠るさ。休暇中は、書類を持ってくる部下は追い返してやる。ずっとお前と一緒に居るよ」

「お兄様ったら……そんなことをしたらエーラやエーメが頭を抱えますわ」

「あいつらも良い歳だ。そろそろ俺抜きでも仕事を回せるようにならねばな。奴らには良い試練になる」

「まぁ」

「……ではな、アーネ。愛しているよ」

「わたくしもです、アーダお兄様……」

ヴァナルアーダが頭を撫でていると、すぐにリディリィアーネは目を閉じて寝息を立てはじめた。

妹の呼吸が整っているのを確認し、ヴァナルアーダは足音を立てないよう気を付けて寝室を出る。

廊下には、メガネを掛けた文官の雰囲気を漂わせる女魔族――ヴァナルアーダの側近であるクルルエーラが控えていた。

「……陛下、王妹殿下は……？」

「眠った。今日は調子が良いなどと言っていたが……やはり辛いのだろうな。すぐに寝入ってしまった。呼吸が整っているのがせめてもの救いだな」

「……急がねばなりませんね」

「ああ」

ヴァナルアーダは、クルルエーラを伴って歩き出した。

石造りの廊下に、二人の足音が反響する。

「エーメが準備を整えております。あとは、陛下のご下知があれば……」

「……我は、ひどい王だな。妹のために、民を巻き込んで戦争しようだなどと……」

「何を仰られるのです。リディリィアーネ殿下がご自分の薬を臣民に分け与え、ご自身は苦しみに耐えているのを皆が知っております。我らの母も、リディリィアーネ殿下からお譲りいただいた薬のおかげで快方に向かっております。皆も慈悲深いリディリィアーネ殿下をお助けするために戦うことに反対などしません。むしろ臣民一同、よく決断いただけたと士気が高まっております」

「……そうか」

「それに、これは我ら魔族の悲願でもあります。陛下の願いは我らの願いでもあるのです。どうぞ、ご随意に」

「……分かった。もう迷うまい」

廊下の終端は、外に張り出したテラスになっていた。

テラスには、鎧装束を身に着けた、クルルエーラに瓜二つの女魔族が待っていた。

クルルエーラの双子の妹にして、魔族軍の将軍であるクルルエーメであった。

「陛下、魔族の精鋭一万、いつでも出陣できます。どうぞ、陛下のご下知を」

「ご苦労だった、エーメ」

ヴァナルアーダがテラスに姿を見せると、大きな歓声が上がった。

テラスから見えるのは、荒涼とした岩肌と、岩肌をくり抜いて造られた住居。そして一際高い岩山を削り造られた城から見下ろせば、戦装束に身を包んだ魔族の軍勢が。

魔族たちは姿を現したヴァナルアーダを讃える声を上げていた。

「……我が臣下たちよ」

ヴァナルアーダが手を翳すと、魔族の軍勢は口を閉ざして不動の姿勢を取る。これだけでも、ヴァナルアーダに向けられる忠誠の程が分かろうというものだ。

「……我ら魔族が大陸の東西から追われ、このヴィラルド王国の北方に居を構えておよそ二百年。強大な魔物と戦うことを条件に、父祖はここを安住の地とすることを王国と取り交わした。だが、この過酷な環境で魔物と戦う我らに対するヴィラルド王国の見返りは、いつでも微々たるものであった」

『…………』

「王国の北の防壁として戦い続ける我らを、王国の人間たちは虐げ続けた。並々ならぬ高値で物資を売りつけ、我らが魔物から得た素材は安く買い叩いた。それだけなら、我らはまだ我慢しただろう。だが王国は、とうとう魔禍病の薬すら値上げしはじめた！」

魔禍病は、内在魔力が高すぎて身体が耐えられなくなって衰弱する病だ。魔力の自家中毒、というのが分かりやすいだろうか。

魔禍病は人間にも発症するが、より魔力量の多い魔族は人間の倍以上の発症率になる。さらに、過酷な環境が魔力量の上昇を促し、この地の魔族にとっては風土病と呼ぶほど深刻な問題となっていた。

幸い、魔禍病の特効薬は存在する。一定期間の継続的な摂取は必要だが、治る病なのだ。

しかし特効薬の材料となる薬草は魔族たちの生息域には存在せず、ヴィラルド王国からの輸入に頼る他なかった。

食料以上に、この魔禍病の特効薬で、魔族たちは首輪をかけられた状態にあった。

「奴らが魔禍病の特効薬を値上げし、輸出量を絞ることで、魔禍病で命を落とす者たちが急増している！　もはや猶予はない！　我ら魔族は仲間の命のため、長年我らを良いように使ってきたヴィラルド王国に宣戦布告する！　我らの父母の、兄弟の、親友の為に！　そして、我らの子らの未来の為に！」

『うおおおおおっ!!　陛下!!　陛下!!　陛下!!』

『我らが魔王陛下!!』

『魔王ヴァナルアーダに栄光あれ!!』

第五十一話　戦闘パートは突然に

ヴィラルド王国の君主たるパトリック・ヴィル・ヴィラルダに、王国北方の魔族が宣戦布告したと伝えられた時、彼は珍しく如実に舌打ちをした。

「なんともタイミングが悪い……」

彼はちょうど、気のおけない腹心と国内の腐ったリンゴの処分について話し合っているところだった。

伝令の騎士を部屋から出すと、パトリック王は不機嫌な顔で愚痴りはじめた。

「まったく……ようやくバカどもを一網打尽に出来るかと思ったのだが」

バカども、というのは無論、ユリアナとその愉快な仲間たちのことだ。その中には自分の息子も交じっているのだが、パトリックには別段気にする様子はない。

彼は骨の髄から王なのだ。

人非人と呼ばれるのは百も承知。

それこそが王という歯車に他ならない。


「しかし、陛下。魔族が戦争を仕掛けてきたなら、我々は全力でそれに当たらねばなりません。計画していた粛清計画は凍結せざるを得ないと存じます」

「分かっているよ、我が右腕」


腹心中の腹心である王国宰相のクレセント侯爵に、パトリックは不承不承頷いた。


「魔族は総勢一万程度だというが、何しろ一騎当千の魔族の精鋭だ。王都駐在の第一軍、第二軍を総動員しておよそ五万。それで籠城で耐えしのいで諸侯の援軍を待たねばならん。持久戦の最中に内輪で争い始めたら戦にもならんからな」

「御意」

「しかし、何故このタイミングなのだ？　余はそれなりに魔族たちに配慮してきたと思ったが……」

パトリックが玉座に就いてから行った改革は数多いが、その内の一つが魔族の待遇改善だ。なんせ代々の王たちが、国内に住まわせる対価として、北の魔物に対する生きた壁として使い潰してきた歴史がある。パトリックが王になった時点で、魔族たちの不満はかなりのものになっていた。

パトリックは魔族に対して国内の移動の自由や、職業選択の自由をある程度認めた。魔族が冒険者として登録できるようになったのも、ごく最近のことなのだ。

戦闘力に秀でた魔族と本格的な争いになれば、ヴィラルド王国のダメージは計り知れない。だからこそ、パトリックは宥和(ゆうわ)政策を推し進めてきたのだが……。

「それが臣の調べたところ、商人たちが魔禍病の薬の流通を絞っていました」

「バカな。魔禍病は魔族たちのもっとも敏感になる問題だ。取り扱いを任せた商会も、そんなことは分かっているはずだ」

「それが……絞っていたのはブライド商会とのことです」

「……面倒をかける駄賃は国から補填されていた筈だが？」

「見事に横領されていましたな。中抜きのシステムだけは今でも独立して機能していました。ブライド商会の流通を引き継いだ商会も、すぐには気付けないほど周到なものでした。つい先日、慌てて自分の無罪を訴えながら報告してきました」

「……失脚したとはいえ、マリウス・ブライドはそれなりに有能だったということか。まさか国の援助資金を横領して、これまでまったく気付かせずにいたとはな」

ちなみにゲームのシナリオだと、『商人の息子』イリウスのルートのクライマックスでこの横領が発覚することになっている。

すべてを失いながらも父親からの呪縛が解け、父親とは違う真っ当な商人になろうと決意したイリウスに、ヒロインが寄り添いながら荷馬車で旅に出ていく――というエンドスチルはかなり気合いの入ったものだったが、おそらくこの世界では決してお目にかかれはしないだろう。

「魔禍病の特効薬の流通量は、正常な状態の半分以下にまで落ちていたということです。最近ようやく実態が判明し、急ぎ流通量を戻そうとしていたのですが……」

「ふむ……絞られていた特効薬を無償で差し出すことで戦を収めることは出来ると思うか？」

「難しいでしょう。魔族たちが決起したのは、薬がないからではありません。薬の流通を握られている現状に怒っているからです。いま薬をばら撒いたとしても、また同じことが起きない保証がない限りは……」

「矛を収めたりはせんだろうな」

パトリックは不機嫌に頷いた。

魔族との交易の実態調査の遅れは致命的だが、それを咎めることは出来なかった。何しろパトリック自身、魔禍病の特効薬の流通量の減少など想像していなかったのだ。

「しかし、ブライド商会が失脚してからそれなりに時間が経っているではないか。何故流通状態の把握でこれほど後手に回ってしまったのだ？」

「……遺憾ながら北方の流通経路の担当者が、さっきまでの主題にも含まれていまして」

クレセント侯爵は、さっきまでの打ち合わせの資料を、改めてパトリックに差し出した。処分する予定だった『腐ったリンゴたち』のリストだ。

「……余としたことが、大失敗だな。毒も使い方によっては役に立つと思って放置していたが……」

「毒は毒でも猛毒でしたな。もっとも陛下には、女の毒というものが今ひとつ想像しづらかったのやも知れませんが」

「そこよ。実のところ、余には女に溺れるというのが今ひとつよく分からん。眺めて愛で、使ってすっきりする。女はそれだけのものであろう？」

フェミニストが聞いたら憤死しかねないセリフだが、政治に携わる者としては有能この上ない言葉でもある。ようするに、パトリックが自分の性欲や情欲を、理性ときっぱり切り離しているからこそ出た言葉だからだ。

もっともこれは、単純にこの王の趣味から出た感想でもあるのだが。

「だいたい、周りの者どもが目の色を変える美女とやらだが、何処に面白みがあるのだ？　男の喜ばせ方が上手いなど、何の役に立つのだ？　それなら書類の一枚でも処理してくれる方が、よほど有意義な人材ではないか」

「……陛下は有能な女性がお好きですからな」

「うむ。それを考えるとキリハレーネ嬢……おっと、グランディア女公爵は、近年まれに見る逸材だ。こちらの底を見透かそうとするあの眼が実に面白い。まるでナイフの切っ先で胸元を擽られているようで、思い返しただけでもゾクゾクしてしまう。あと十年早く出会えていたら、有無を言わさず余の后にしたのだがな。きっとあの野生の雌獅子めいた美貌を、いかにも面倒くさそうに歪めてくれるだろう」

「…………」

くつくつと笑う主君を、クレセント侯爵は呆れ半分諦め半分に眺めた。

つまりパトリック王の女の趣味は、見た目より性格重視……その性格も、世間一般とはだいぶ趣を異にしている。

こんな特殊な趣味をした王なら、女の毒というものにピンとこなくても当然だろう。

しかし悲しいかな……大抵の男性は、女の毒というやつにめっぽう弱い。なんせ世の大部分の男は、即物的で俗物的な助兵衛(すけべえ)なのだ。

「しかし、その担当者が腐ったリンゴになったのは単なる偶然か？　それとも何か意図があってのことなのか？」

「意図と言われましても、魔族と戦争になることに何のメリットが……」

二人が首を捻(ひね)っていると、執務室のドアがノックされた。パトリックが入室を許可すると、伝令役の執事が戸惑い顔で報告する。

「失礼します、陛下。アルフレッド殿下が、陛下に上奏したき儀があると……」

「アルフレッドが？　この忙しい最中に何の用だ？」

宰相を連れて謁見の間へ向かうと、すでにアルフレッドが控えていた。他にも多くの貴族がパトリックの入来を待っていた。

「……余に何か言いたいことがあるそうだな、アルフレッド。いったい何の用だ？」

「はい、父上。魔族との戦、私に先陣をお任せいただきたく罷り越しました」

「先陣だと？」

パトリックは一笑に付した。

先陣、などと言い出すということは、つまり魔族と野戦するということだ。

魔族たちの進軍速度を考えれば、開戦は遮蔽物のない王都近郊の平原で行うことになる。機動力を邪魔することのない平原で、単騎の戦闘力に優れた魔族と野戦などしたら、自軍の戦線はかき乱され、強力な魔法で壊乱状態に追い込まれることは目に見えている。

そもそも、魔族の精鋭と戦うなら、五倍どころか十倍は兵数がいる。

「馬鹿も休み休み言え」

「父上！　魔族どもは王国への恩を忘れて戦を仕掛けてきたのです。王都に籠もっての防衛などしたら、我が国は飼い犬も御せぬと笑われることになります！」

「言葉を慎め、アルフレッド。魔族たちも我が国の民だ。飼い犬などと呼ぶのは止めよ。そもそも野戦など馬鹿げている。もし余がそれを命じたとして、どれだけの兵がそれに従うか」

「それならば心配ありません」

その言葉を待っていた、とばかりに、アルフレッドが眼を輝かす。

「私と同じように国を憂う者たちが協力を表明してくれました！　彼らの兵を中核にすれば、魔族など恐れることはありません！」

「……この者どもか？」

謁見の間にいる貴族たちを見回す。

下は男爵から上は伯爵まで混合しているが、彼らには一つの共通点があった。

この連中は、パトリックが一掃しようと思っていた腐ったリンゴたちだ。

「それに、慈神教会の聖堂騎士団も協力を表明してくれました！　いまこそ邪悪なる魔族を討つ時だと！」

「……教会もか」

舌打ちしたくなるのをぐっと堪える。

パトリックは腐敗した教会の改革を後押ししていた。だが現在は教会を正常化しようという総主教の調子が優れず、運営を肩代わりする大司教とは政治的に対立している。

デリケートな扱いが必要な教会の主張は、パトリックも一定の配慮をせざるを得ない。

「……なぜ教会がそなたに協力を？」

「それはもちろん我らが聖女の叡慮(えいりょ)の賜物(たまもの)です！　教会が百年ぶりに認めた聖女が、王国の平和のためにこのアルフレッドに力を貸してくれると！」

「……聖女だと？」

「はい！　紹介しましょう、教会の認めた聖女を！」

アルフレッドが誇らしげに言い放つと、貴族たちが動いて道を作った。

貴族たちが壁となって隠していたのは、パトリックにとっては鼻持ちならない華美すぎる僧衣の大司教。

そして大司教の横には、一人の可憐(かれん)な少女が控えていた。

「――陛下、ご紹介します。我が慈神教会が認めた、光と闇の両属性を併せ持つ聖女、ユリアナ・リズリット嬢でございます」

大司教に仰々しく紹介され、可憐な――外見だけは可憐な聖女そのものの、ユリアナ・リズリットが歩み出て挨拶した。

「拝謁しまして恐縮の至りです。ご紹介に与(あずか)った、ユリアナ・リズリットでございます」

――聖女、か。とんだ皮肉だな。

なるほど、魔族に戦を起こさせたいわけだ。自分がもっとも見栄え良くお披露目する舞台を整えたということなのだろう。

聖女のごとく微笑むユリアナを無表情に見下ろし、パトリックは胸中で毒づいた。

――そなたの言う通りだったな、キリハレーネ女公爵。どうやら余は、この女を見くびっていたようだ。

第五十二話　聖女の出陣

「……よろしいのですか、騎士団長？」
「よろしいわけがあるか」

王都第一軍を統べる王都騎士団長オーランド・ヴィル・グリーダが部下の問いかけに苦々しく答える。

籠城策のはずが、バカ貴族とアホ宗教家によって迎撃戦をせざるを得ず、第一軍も出撃する羽目になった。ここで出撃しなかったら王と軍の威信に関わってくるとはいえ、望んでいない出撃をさせられたオーランドの機嫌が良かろう筈もなかった。

「アホ貴族どもが先陣を望んでいるのだ。やらせておけ」
「……我々が何も言わずに譲ったので、貴族たちは『王都の騎士団は腰抜けばかり』などと吹聴していますが」
「なら、お前は怒りに燃える魔族の精鋭と真正面からぶつかりたいか？」

「そんなの、速攻で辞表を出してケツを捲るに決まっています」

「……冒険者たちと協力するようになって言葉のオブラートが剝がれてきたな。まぁ、そうだ。魔族たちは正当な怒りを以って攻め寄せてくる。そんな連中と一番手にぶつかってくれるのだ。任せてしまえ」

「私兵どもが壊滅したら、その混乱が我々にも波及しかねませんが？　ある程度のテコ入れをした方が後々苦労しないのでは？」

「我々の仕事は敗残兵を纏めて王都に撤退することだ。第二軍が残っているとはいえ、籠城の戦力が多いに越したことはない」

「……それだって、魔族が我々を逃してくれたら、の話ですよね？　あとあと面倒になりそうな正規軍を無傷で逃がすほど、今の魔王は無能ではないようですが」

「まったく余計な真似をしてくれる。いっそ、魔族たちに一掃されてしまえば良いものを」

※　※　※

オーランドは貴族たちの陣地を睨み、苛立たしく舌打ちした。

「ふふっ、いよいよね」

「わおぉぉおおおおおっ!!?」

僧衣を着た豚――教会の大司教を足裏で踏み付けながら、ユリアナは声を弾ませた。

「最後の攻略対象である魔王を落とせば、あとはこっちのものよ。魔王ならあの悪役令嬢を殺すのもワケないわ。ね、あなたもそう思うでしょう、大司教サマ？」

「わうんっ!?　わうわうわわぁぁぁあんっ!!」

「ふふっ、あなたもそう思うのね？」

「わっおんっ！」

ユリアナは惨めに鳴く大司教を見下ろして微笑んだ。

大司教の鳴き声を理解している――わけではない。

そもそもユリアナにとって、男は自分を褒め称え肯定するだけの存在だ。意見など最初から求めていない。相手が何も考えず首肯していると頭から疑っていないから、理解する必要もないのだ。

「あなたにもお世話になったわね？　ご褒美をあげなきゃいけないかしら？」

「わふぅぅうううんっ!!」

「ふふ、がっつかないで。ちゃんとあげるから」

ユリアナはブーツと靴下を脱ぐと、素足で大司教の顔を踏み付ける。

肥え太った大司教は、ユリアナの踏み付けを神の祝福でも受けているかのような恍惚(こうこつ)の表情で受け入れている。

「ふふっ、嬉しい？　でも舐めちゃだめよ？　言い付けの守れない狗(いぬ)は、捨てなきゃならなくなるわよ？」

「わうっ!?　わひぃぃいいいんっ!!」

「ふふ、冗談よ」

必死に縋る大司教の頭を、ユリアナは足の裏で撫でてやる。

……本来の運命(シナリオ)では、この大司教はユリアナを利用する物語上の悪役だった。婚約破棄イベントを経て悪役令嬢(キリハレーネ)が退場した後の敵役だ。

第一王子が王都から離れた隙を突いてユリアナに接触し、彼女の類まれな属性を利用して聖女に仕立て上げ、自分の権力拡大の為に取り込もうとする。典型的な悪徳宗教家がこの大司教なのだ。

そして魔族との戦争の矢面にユリアナを立たせるのだが、ユリアナはそこで魔王と邂逅して心を通わし合い、ヴィラルド王国との和平に奔走する……筈だった。

だが、現在のユリアナには、『利用される』というのが気に入らない。ゲームの主人公ならいざ知らず、彼女は利用する側であって利用される側など冗談ではなかった。

だから接触してきた大司教を早々に籠絡してペットにした。元々が欲に忠実な悪徳宗教家だ。ちょっと思わせぶりに色香を出してやれば、大司教は驚くほどすんなりと奴隷に堕ちた。

もはや大司教と教会は、ユリアナの道具だ。

「さぁ、イベントをこなしましょうか」

「わうっ……分かりました、ユリアナ様」

乱れた僧衣を整えた大司教が、ユリアナを伴って馬車から降りる。

馬車の外には教会に仕える聖堂騎士団と、第一王子派――国王曰く『腐ったリンゴたち』――に属する貴族の私兵たちが集っていた。

「皆さん、集まってくれてありがとうございます」

ユリアナが聖女を思わせる清楚（せいそ）な笑顔で労うと、集った兵たちが相好を崩す。皆、彼女が腹の中で聖女などとは正反対の思惑を抱えているとは思いもしていない。

（これだけいれば、わたしが魔王と会うまでの肉の壁くらいにはなるかしら？）

魔族は強い。しかも彼らは怒りに燃えているのだ。

貴族の私兵たちは、盗賊退治や魔物退治がせいぜいで軍人としての訓練は最低限。連携できるかは甚だ怪しいものだ。数だけは三万以上も集まっているが、とうてい魔族の精鋭たちと戦争が出来るワケがない。

だが、それでいい。そもそもゲームのシナリオでもそうだった。

これから起こる戦は、あくまでヒロインと魔王の出会いイベントなのだ。この連中がボロ負けするのは織り込み済みだ。

……だが、ゲームみたいに偶然頼りに魔王と出会うのは危険だ。

最低限、ユリアナが魔王と出会う見込みが立つ程度の時間は稼いでもらわないといけない。

ゲームのように負け戦の混乱の中で泥だらけになって逃げ惑うなど冗談ではないのだ。

「綺麗だな、ユリアナ！　まるで聖女そのものだ！」

「おおっ！　まさに騎士が命を賭けるに相応しいぞ、ユリアナ！」

「ありがとうございます、アルフレッド殿下。しっかり守って下さいね、オルドランド」


攻略対象の二人が、ユリアナに声を掛けられ『任せとけ！』と胸を張る。

この二人も、今回の保険だ。ゲームのシナリオでは、魔族の進攻時にアルフレッドは王都を離れており、オルドランドも第一王子の護衛としてそれに同行している。

だが、王都に帰還した後、この二人は魔族に負けない戦力として主人公(ユリアナ)の救出で活躍する。魔王も『腕は未熟だが、戦意は見事』と王国人を見直す契機にもなる。

シナリオと違って王都にいるのだから、これは利用するしかない。攻略対象たちの価値が大暴落した後もこの二人を抱えておいたのは、この時のためと言っても過言ではないのだ。


「さぁ、いよいよ悪魔の軍勢が見えてきましたぞ、聖女様」


丘に陣取った連合軍（仮称）の陣地からは、王都に進軍してきた魔族軍一万が確認できた。

この世界の教会は『みんな仲良くね。争いなんてしちゃダメよ？』と極めて平和的(ことなかれ)な教義を謳っているはずなのだが、大司教は魔族たちを悪魔と決めつけている。無論、神が魔族を悪魔と名指ししたこともない。
宗教組織にありがちな恣意ある解釈の結果か、それとも神が舐められているのか……どちらにせよ魔族にとっては迷惑以外の何物でもない。

「悪魔どもめ！　神も貴様らの血をご所望だ！」

もし神が聞いていたら『いや血腥いのはホント勘弁してください!?』と涙目になりそうな大司教の掛け声とともに戦いが始まる。
本来なら戦争の始まりにはそれなりの手順と決まり事がある筈だが……悪魔相手にはそんなもの不要ということなのだろう。
貴族の私兵が、我先にと魔族の軍勢に向かってゆく。

「所詮は下民どもだな。統制も陣形もない突撃だ」
「まぁまぁ、良いではないですか。彼らは魔族どもを弱らせてくれればそれだけで十分なのですから」

指揮を丸投げし自分たちは安全な場所で高みの見物をする貴族たちが笑い合う。

彼らも、自分たちの兵隊が魔族に敵うなどという高望みはしていない。だが、数だけは揃えている。魔族どもを適当に疲弊させるくらいは出来ると考えていた。

あくまでこの軍勢の本命は、優れた装備に身を固めた聖堂騎士団である。

お茶か、さもなくばワインでも嗜みながら談笑しはじめかねない呑気な雰囲気を漂わす貴族たちだが、その楽観はすぐに吹き飛ばされることになる。


戦争は最初に遠距離からの撃ち合いで始まる。これは弓矢が開発される以前の、石器時代から大して変わっていない。

連合軍も矢を射かけ、石を投げるのだが、魔族の前衛は矢の代わりに魔法を放ちはじめた。強力な炎の砲弾が連合軍の只中に撃ち込まれ、火達磨になった兵たちが断末魔の叫びを上げる。

おまけに矢や石は強力な風魔法によって勢いを減衰させられ、元々肉体的にも強靭な魔族たちは余裕で摑み取ったり打ち返したりしている。

最初の遠距離戦は、魔族の圧倒的優勢であった。


そして距離が詰まり、接近戦。

魔法で蹴散らされたとはいえ、連合軍はまだまだたっぷり物量を保っている。三倍近い兵力差がある魔族たちは、蟻の群れに集られる哀れな飛蝗のように見えた。

が、そもそも魔族たちは人間たちとマトモな戦争をする気などサラサラなかった。

整えられた陣列を解き、魔族の戦士たちは放たれた弾丸のように四方八方へ散らばる。そして大群の利を活かして包囲しようとしていた連合軍へほぼ単騎で突っ込み、思う存分に暴れ回った。

強化魔法に秀でているのだろう。大剣や長槍（ながやり）、あるいは死神の如き大鎌など、重量級の大型武器を振り回して人間たちを屠（ほふ）る魔族の戦士たち。現代日本からの転生者なら『ここって乙女ゲーじゃなくて無双ゲーの世界だったのか？』と言いそうな、圧倒的な光景である。

……これが統制された軍隊なら、壊乱する部隊を切り捨て、敵の攻勢限界を突くべく再編成を行っていただろう。

だが、貴族の私兵たちは烏合（うごう）の衆だった。

名目上部隊を纏める指揮官は置かれていたが、彼らは千人以上の軍勢を指揮したこともなければ指揮するための思考も整えられていない。「落ち着け！」と繰り返すだけで、それ以上の対応など取れていなかった。

結果、連合軍の混乱はどんどん拡大する。

一時間も経たず、連合軍は纏まりを失った藁束（わらたば）のように千々に乱れ始めた。

連合軍の斜め後方で様子を窺（うかが）っていた王都第一軍は、遮二無二逃げてくる兵士たちが邪魔になって加勢も出来ず、それどころか移動もままならず混乱を眺めるしかなくなっていた。

「悪魔を相手に不甲斐ない！　所詮、私兵は私兵に過ぎんか！」

「……大丈夫なのよね？」

ユリアナが顔を青褪めさせながら大司教を問い質した。

どれだけ黒幕めいたり、どれだけ大物ぶっていようが、所詮は平和な日本で育った一般人。あくどい手管で人を嵌めることは出来ても、いざ実際に血の飛び散る『戦争』という名の暴力に曝されれば、彼女は恐怖に怯える非力な小娘に過ぎなかった。

「ご安心を、聖女様。貴族の私兵どもの不甲斐なさは予想外でしたが、我々には悪魔を打ち倒すべく修業を重ねた聖堂騎士団が付いております！」

白銀の鎧に身を包んだ聖堂騎士団が大司教の言を肯定するようにガシャリと鉄靴を打ち鳴らした。

聖堂騎士団は、教会がその潤沢な費用を注ぎ込んだ権威と力の象徴だ。元は信者を守るための兵力なのだが、教会が腐敗して『僧衣を着た貴族』と呼ばれるようになると、聖堂騎士団は王立軍と貴族軍に次ぐ第三の軍隊として過剰なほどの戦力を得るようになった。

ミスリルの鎧に、特殊効果が付与された魔法の武具。王都騎士団より充実した装備は『教会の肥大化した虚飾の見本』とまで言われていたが、今は何よりも頼もしく見える。

「さぁ、聖女様！　彼らに祝福を与えてください。それさえあれば光の輝きと共にある聖堂騎士団が、どうして悪魔に負けることがありましょうや!?」

「え、ええ……」

戦場の空気に息苦しくなりながら、ユリアナは聖堂騎士たちへ光魔法のバフを与えた。物理耐性と魔法耐性、それと精神を高揚させる戦意向上の魔法だ。

「おおっ、さすがは聖女様！」
「力が溢(あふ)れてくる……！」
「うおおおおっ！　悪魔など何するものぞ！」

ユリアナの援護魔法を受けた聖堂騎士たちが気炎を上げる。彼らは貴族の私兵たちを蹴散らしこの本陣へ向かってくる魔族たちに向き直り、武器を引き抜き高々と掲げる。

「悪魔どもめ！　此処が貴様らの墓場となるのだ！」

「――確かに墓場ね。ただし、あなたたちの、だけど」

雄々しく吠える聖堂騎士たちのど真ん中から、極めて冷淡な呟きが発せられる。

あまりの温度差に激しく目立ったその呟きに反応した騎士たちが見たものは、完全武装の騎士たちの中に立つ、一人の女魔族だった。

「はじめまして、ヴィラルド王国の人間たち。わたくしは魔王様の側近を務めるクルルエーラと申します。さっそくですが……死んでください」

普段着と言っていい軽装のクルルエーラだが、その冷ややかな声は本気でこの場の騎士たちの殲滅を決意しているのだと聞く者に知らしめた。

そして、クルルエーラが指を鳴らすと、彼女の身軽な格好の意味がわかった。

女魔族の影がぐにゃりと波立ち、そこから無数の魔物が溢れ出す。

彼女は召喚魔法を使う魔道士だった。

「我々が飼い慣らした北方の魔物たちです。どうぞご賞味くださいませ」

テイムされた魔物など何するものぞと立ち向かう聖堂騎士団だが、魔物たちの力は彼らの予想以上だった。

一振りで首を落とせるはずの狼型の魔獣が刃を跳ね返し、その牙がミスリル製の鎧を貫く。

飛竜（ワイバーン）と並び亜竜の代表格である蛇竜（ワーム）が何匹も地中を掘り進み、騎士を足元から襲って地中に引き摺（ひず）り込む。

ただの魔物たちではない。冒険者ギルドが超危険（S級）指定するような強力な魔物ばかりだ。

それが次から次へと、クルルエーラの影から飛び出してくる。

「いかがです？　我ら魔族がどれほど強力な魔物と戦い続けていたか分かっていただけましたか？」

四苦八苦する聖堂騎士たちを冷ややかな瞳で眺めるクルルエーラの顔には、薄（う）っすらとだが嘲笑が浮かんでいた。

大陸最北端からやってくる魔物は極めて強力で、かつての王国はその被害に頭を抱えていた。

魔族を受け入れ北方の壁とすることで負担から解放されたのだが、いつの間にか王国の民は、北方の魔物の強さと恐ろしさを忘却していた。

それに対峙し続ける魔族の強さと、その怒りも。

「安眠を貪る王国に、いまこそ思い出していただきましょう。わたくしたち魔族が、いったいどれほどの血を流してきたのかを」

自分たちが支払う犠牲に見合わぬ支援しか寄越さず安楽に沈む王国民——聖堂騎士団の装備は、魔族たちが思い浮かべる傲慢な人間たちの象徴そのものに見える。

そんな彼らが慌てふためくさまは、沈着冷静なクルルエーラをして胸のすく見世物であった。

「ひ、ひぃ……！」

直近で見せつけられる殺し合いに、ユリアナは引き攣った悲鳴を漏らした。

ガタガタ震え、まだ腰を抜かしていないのが奇跡のようだ。

「せ、聖女様！　魔法の援護を！」

「そ、そんなこと言ったって……」

「このままでは聖堂騎士団が全滅です！」

「や、やってるわよ!?　でも出来ない……なんで出来ないのよぉ!?」

縋るような声の大司教に、ユリアナは悲鳴じみた声で絶叫した。

言われずとも、ユリアナは何度も魔法を発動しようとしていた。

だが、出来ない。

ゲームでは魔力切れを起こすくらい援護魔法を連発していたというのに、今のユリアナは魔力が空回りするだけだった。

当然だ。

ユリアナは、この世界の本来の主人公(ヒロイン)とは違う。逆境にへこたれない強さもなければ、傷付く者に心を痛めるような優しさもない。

戦場で心を乱さず魔法を発動できるほど、ユリアナの精神力は強くも固くもなかった。

「ほぅ……聖女、ですか」

「ひっ!?」

魔物を召喚する悪魔のような女に見つめられ、ユリアナの脚がくずおれ、ぺたんと尻もちを突く。

「なるほど、それなりに重要人物のようですね？」

「ひっ、ひぃ……」

クルルエーラが腕を掲げると、魔物の一部がユリアナへ襲い掛かった。

騎士たちの返り血を浴びた魔物たちが発する剥き出しの凶暴さに、ユリアナは生まれて初めて嘘偽りない悲鳴を上げた。

「いやぁぁあああああっ!?　誰か！　誰か助けなさいよ!?」

「まかせろユリアナ！」

「うおおおっ！　騎士の正義を喰らえ！」

ユリアナにべったりくっついていたアルフレッドとオルドランドが剣を振るうと、ユリアナに食らいつこうとしていた魔物がひと太刀で屠られた。

「ほぅ」とクルルエーラが感心したように呟いた。

「なるほど、王国の人間にもそれなりの使い手がいるようですね」

「俺たちがいる限り、ユリアナに手出しはさせんぞ」

「騎士の剣を舐めるな、魔族風情が」

迫る魔物を斬り伏せながらアルフレッドたちが言う。

さすがは攻略対象者。キープしておいた甲斐があった。

思わず地を出してしまったユリアナだったが、ようやく落ち着いてくる。

「魔族など恐るるに足らぬ！　魔王もこの俺が斃してやるぞ！」

「――貴様ごときが陛下の名を呼ぶな、下郎」

びしゃ、とユリアナの頬に何かが掛かった。

手で拭えば、そこには血がべったり付いていた。

「ひっ……」

「ぎゃあああああああああああああっ!??」

アルフレッドが右腕を押さえて蹲った。

右腕……いや、右腕があった場所から、ぼたぼたと血が流れ出す。

剣を握ったままのアルフレッドの右腕が、少し離れた位置にぼとりと落ちた。

「我らが陛下に対する暴言は聞き捨てならぬ。痛みを以ってその罪深さを思い知るがいい」

クルルエーラそっくりの女魔族が、身の丈を超える長大な大剣を肩に担いで言い捨てた。

鎧を身に着けた、いかにも戦士然とした女性である。


「く、クルルエーメ……」

「ほぅ？　我が名を知るか、小娘。なら我の力の程も知っていよう？」

思わず呟いたユリアナに、クルルエーメが凶暴に笑う。

知るも何も、彼女は魔王ルートにおける最大の障害だ。魔王の心を乱す存在として、クルルエーメは主人公(ヒロイン)を目の敵にする。実際に剣を向けられ、魔王の好意度が低いと彼女に斬り殺されてバッド・エンドもありうるのだ。

ユリアナにとって、もっとも警戒すべき魔族であった。

「おのれ！　死ね、魔族！」

「笑止！」

クルルエーメは目にも留まらぬスピードで大剣を振り回し、斬り掛かってきたオルドランドを彼の剣もろともド派手に吹っ飛ばした。

オルドランドは全身から血を撒き散らしながら地面を何度もバウンドして気絶する。

「な、なんで……」

ユリアナは呆然とした。

ゲームでは、アルフレッドもオルドランドも善戦していた。二人がかりでクルルエーメと引き分け、主人公(ヒロイン)を救出するのだ。

こんな一方的に一蹴されるほど力の差があるはずが……。

「笑止千万。独り善がりの未熟な剣が、このクルルエーメに届くことはない」

クルルエーメが鼻を鳴らして嘲笑った。

——結局のところ。

ユリアナの自業自得だった。

攻略対象者は、主人公によって劣等感を乗り越えて大きく成長する。ヒロインが彼らを成長させるのだ。

男は利用するもの、自分以外の女は玩具。そんな彼女には、女のために成長する男や、男を成長させる女などというものは想像の埒外だろう。自分のせいなどとは思い至れもしない。

だが、しかし。

今の彼女に、自分の行いを振り返る余裕などまったくないのだが。


「ひっ、ひっ、ひぃぃぃっ……っ!!」


殺される(BAD END)。

自分から一番遠くにあるはずの『終わり』が間近に迫り、ユリアナの思考が沸騰した。

殺される殺される殺される殺される殺される死ぬ死ぬ殺される殺される殺される殺される死ぬ殺される殺される殺される死にたくない殺される殺される死にたくない死にたくない殺される殺される殺される死にたくない死にたくない死にたくない殺される死にたくない死にたくない死にたくないもうあんな風に死にたくな——

「いやぁぁぁああああああああっ!!　なんでわたしが死ななきゃならないのよ！　こんなのおかしいじゃない！　みんなわたしを守りなさいよ！　わたしを守れよクズ男ども！　わたしをあの女から守りなさいよぉぉおおおおおおおっ!!」

暴走。

そう言う他ないだろう。

許容量を超えた恐怖で思考を真っ白にしたユリアナは、その身に秘めた魔力を暴走させた。

精神はともあれ、身体は主人公に相応しい高スペック。魔族であるエーラとエーメも警戒するほどの魔力が噴き上がる。

「これは……光属性か、エーラ？」

「いいえ、エーメ。闇の属性も感じる……まさか光と闇の二重属性なんて……」

魔族の中でも魔法に秀でたエーラが顔を強張らせる。

二重属性は時折存在するが、相反する属性を併せ持つ者は稀だ。

魔力は精神に導かれて魔法として発現する。それは逆も然り（しか）だ。精神は魔力の影響を受ける。

相反する属性を併せ持つ者は精神の均衡を崩しやすい。ましてや、精神に深く関わる光と闇の属性は。

その光と闇、相反するふたつの属性を持つ魔力が野放図に撒き散らされるこの状況は、とても拙い。

「ぐっ……ぐぎっ、ぎぎっ……」

『GURUUU………RUOOOOOOOOOOONNN!!』

聖堂騎士団や逃げ惑う貴族たち、そしてクルルエーラに召喚された魔物たちが、雄叫びを上げあって無秩序と言う他ない暴走を始める。皆、極度の興奮状態にあるのが、正気とは思えぬ目の光を見て感じられる。

光と闇という相反する属性の魔力に曝され、精神の均衡が大きく崩れたのだ。

常日頃から高濃度の魔力に曝されているクルルエーラとクルルエーメでさえ、気を抜けば相反する魔力に精神を引き摺られそうだ。

「ちっ、面倒な……！」

「何とか魔物の制御を取り戻すわ。その間は守ってね、エーメ」

遮二無二襲ってくる魔物と人間たちをあしらうクルルエーメ。

クルルエーラはテイムした魔物の制御を引き戻そうと集中しはじめた。

つまり、危険極まりない魔族の最高戦力二人が、つかの間ではあるが動きを止めたのだ。

狙ったものではないが、ユリアナは混乱の中でも機能していた生存本能に従い、一目散に逃げ出した。


「はっ、はっ、はっ……！」


なんで？　なんで自分がこんな目に遭っている？

シナリオを知っている。登場人物の性格だって熟知している。ゲーム以上に味方も集めた。

ゲームの主人公より上手く、効率的に動いてきた。

なのに何故、何故、何故、なんでこんな目に遭わなきゃいけないのだ？

こんなのおかしい。

こ・・・んなの絶・・・対に間違・・・ってる・・・！


「はぁ、はぁ、はぁ……」

走り疲れ、ユリアナは膝を折った。

我武者羅に走り続けたせいで、今何処にいるのかはっきりしない。ひとまず、周りに人の気配はなさそうだが……。

「――妙な魔力が流れているかと思ったが、貴様がその原因か」

静かで穏やかなのに、色気を感じさせる男の声。

疲れ果てて俯けていた顔を上げると、ユリアナの正面には一人の魔族が佇んでいた。

攻略対象者たちに勝るとも劣らぬ、切れ長の瞳が印象的な美形だ。

魔族の特徴である角は宝石のように煌めいており、身に着けた衣服は黒で統一されているが、上品さと質の高さを感じさせる。

ゲームで見た通り……否、ゲームで見る以上の美青年がそこにいた。

魔王ヴァナルアーダ。

『このいと』でも一、二を争う人気攻略キャラだ。

そこまで考えハッとした。

魔力を暴走させたヒロインの元へ魔王が現れる。ゲーム通りの邂逅シーンだ。

「……魔王陛下、ですか？」

「左様。余が魔王ヴァナルアーダだ。それで、余を知る汝はいったい何者だ？」

ゲーム通りの受け答えに、ユリアナは落ち着きを取り戻す。

過程はどうあれ、魔王と出会った。此処で間違えなければ、まだ挽回は可能だ。

「わたしはユリアナ・リズリットといいます。慈神教会の聖女として、この戦に連れて来られました。ヴァナルアーダ様……魔族の方々のお怒りは十分承知していますが、どうか戦いを収めていただけませんか？」

「貴様は教会の聖女であろう？　教会は我らを悪魔などと呼んでいると思ったが？」

「わたしは自分が聖女などと思っていません。わたしはただ、光と闇の属性を併せ持つだけの小娘です。わたしはただ……目の前で傷付く人を一人でも少なくしたいだけです」

「…………」

「お願いです、ヴァナルアーダ様。どうか怒りを収めて下さい。もちろん、ただとは申しません。わたしは光の治癒魔法と、闇の吸収魔法が使えます。魔族の方々の魔禍病の治療は、わたしが請け負いますから」

「……このまま我ら魔族に同行すると？　敵であるそなたが？」

「魔族もこの国の一員ではないですか。わたしは、あなた方を信じています。だって……あなた方は、同朋のために決心なさったのでしょう？」

「…………」

ヴァナルアーダは無言だ。

ゲームなら、

『……良かろう、勇気ある聖女よ。そなたが我らが同朋を癒やす限り停戦としよう』

と言って、ヒロインを腕の中に抱き抱えて戦場を去ってゆく。この場面は特に力の入ったスチルが用意され、『このいと』でも屈指の人気シーンとなっている。

さぁ、来い。と待ち構えるが、ヴァナルアーダは無言のまま、なかなか動こうとしない。

「…………」

じりじりと、焦りが背中をひりつかせはじめる。

このまま待ってもいいが、転生者ならではの知識を使うべきだ。

ユリアナは自分でも惚れ惚れするくらい完璧に表情筋を制御し、無言の魔王へ渾身の微笑みを投げ掛けた。

「妹殿下も、すぐに快癒すると思います」

「…………なるほど、な」

ようやく、ヴァナルアーダが口を開いた。

だがその言葉は冷え冷えとしており、感情を感じさせなかった彼の瞳が明らかな嫌悪を浮かべている。

「その眼……これまで人間が我ら魔族に向けてきた眼と同じだ。自分たち以外の種族を搾取の対象とする眼……汚い人間の眼だ」

「え……」

ゲームにないセリフにユリアナは動揺する。

これまで多くの男たちを誑し込んできたユリアナだが、人間たちに煮え湯を飲まされ続けてきた魔王の眼力には通じなかった。彼は自分たちを利用しようとする者の瞳に特に敏感なのだ。どれほど上手く取り繕おうと、その気配を見逃すことなどありえない。

……ただ、ひとつだけ訂正するなら、ユリアナは『自分たち以外の種族』ではなく、『自分以外のすべて』を搾取の対象としているのだが。

「貴様のような人間の言葉など聞くに値せぬ！　吐き気がするわ、この下衆がっ！」

「ぎっ……」

ユリアナは吹っ飛ばされた。魔王が怒号と共に吹き荒らした魔力による衝撃波で、ゴミクズのように地面を転がって気絶する。

白目を剝いたユリアナを見下ろし、ヴァナルアーダは憎々しげに舌打ちした。

「外見が整っている分、中身の醜悪さが鼻につく」

「陛下、クルルエーラ参りました」

「クルルエーメ、御身の御前に」

「ご苦労、エーラ、エーメ。光と闇の混合魔力は止まった。兵たちの元へ戻るぞ」

「あの小娘は如何しますか？」

「放っておけ。それより、第一軍にこれ以上の時間を与えるな」

「はっ」

……この時の選択を、ヴァナルアーダは後に後悔することになるが、神ですら読めぬ未来を、神ならぬ彼に知りよう筈もない。

ヴァナルアーダは混乱を抑えつつある王都第一軍を追撃すべく、双子の腹心を連れて自陣へ戻って行った。

第五十三話　遅れた頃にやって来るのは……

王都第一軍は順調に王都へ向かって後退していた。

だが順調であるがゆえに、指揮を執るオーランドは苦虫を噛(か)み潰(つぶ)した。

「……魔族たちは、我々が王都に帰還するタイミングを狙っているな」

王都内への収容のタイミングで総攻撃を仕掛け、そのまま市街へ雪崩れ込む考えだろう。連合軍——貴族の私兵の敗残兵たちをほどほどに残して収容させたのも策の一つだろう。王都への収容を少しでも手間取らせようというのだ。そうでなければ、ここまでに何度でも攻撃の機会はあったのに、それをしなかった理由が思い付かない。

「結局、連合軍はまったく役に立たないどころか、完全な重荷になってしまったな……」

「どうしますか、団長？」

「どうもこうもない。こうなったら一戦するしかあるまいよ」

順調に後退した結果、すでに王都の外壁が視界に入る距離にある。あと一時間も移動すれば、先陣が外門に辿り着くだろう。

「ひと当てし、魔族たちを牽制する。その上で、出来うる限りの兵を王都内へ収容する」

「そうなると、殿で牽制する部隊は、捨て駒にならざるを得ないと思いますが……」

「やむを得まい。このままでは完全に我らの負けだ。王都が落ちれば、王国もどうなることか……」

国王が王都を脱出して戦力を募るにしても、苦戦は免れないし、首尾よく勝利しても王国の負う傷は深いものになる。中央の統制力は弱まり、独立を企図する貴族も出るだろう。そうなれば他国も蠢動しはじめる。

王国が生き残るには、なんとしても魔族を撃退せねばならない。撃退が無理なら、せめて膠着状態にせねば……。

「……私が殿を務める。貴様は連合軍の敗残兵と、第一軍の半数をなるべく速やかに王都内へ退避させろ」

「騎士団長が自ら殿を!?」

「この殿は必ず成功させねばならん。私がやるのが一番良い」

「団長閣下……」

「なに、すでに一度捨てた命だ。もう一度捨てるのもたいして違いはない」

「……どうか、ご無事で」

「無粋だぞ、副団長。こういう時は一言『ご武運を』といえば良い」

「……ご武運を」

「うむ」

副団長を先に行かせると、オーランドは直下の王都騎士団を中心に、第一軍の半数で殿軍を再編成した。

「さぁ……もう一度命を懸けようか！」

『おおおおおおっ!!』

魔物のスタンピードに立ち向かった記憶も新しい王都騎士団が鬨（とき）の声（こえ）を上げる。

ぴりぴりと肌をさす旺盛な戦意に、魔王ヴァナルアーダは感心したように目を細めた。

「……さすがは第一軍、さすがはオーランド騎士団長。玉砕覚悟の殿軍に、あそこまで勢いを与えるか」

「いかが致しますか、陛下？」

「クルルエーラは魔導隊(まどうたい)を率いて迂回(うかい)せよ。出来るだけ王都への収容を手間取らせ、隙あれば門を破壊せよ。クルルエーメ率いる戦士隊は我に続け」

「まさか陛下が御自ら戦うのですか⁉」

「我は魔族を率いる者ぞ。この戦いは我の命によって成されしもの。兵を背負わずして、何が魔王か」

「陛下……」

「それにあの戦意旺盛な騎士団に、生半可な覚悟で立ち向かえばこちらが痛手を負う。我が先頭に立つことで、兵たちの意気を上げねばならぬ」

「……御意」

「陛下が前線に赴かれる！　皆気合いを入れよ！」

『おおおおおおおおおおおおおおおおおおおおおっっ‼』

魔族たちもまた歓喜の咆哮を上げる。

魔王は魔族たちの王というだけの存在ではない。強力な魔物との戦いに魔族たちを率いる将軍であり、前線で戦う戦士でもある。

魔王とは、戦士たちの王なのだ。

魔族たちの誇りそのものである魔王と共に戦うことは、いやが上にも彼らの胸を高鳴らせる。

「さすがは魔王陛下……姿を見せるだけで部下たちを奮起させるとは」

戦意を高める魔族たちを見て、敵ながら天晴とオーランドも感嘆する。

騎士団長の仕事には、名目上は王国民でありながらも異国人のような扱いの魔族への対策——彼らが反乱した時の対応も含まれている。

北方を視察して魔王の為人と実力に感心したオーランドは、『戦うことは控えるべき。魔族は戦士の気質なれば、義を以って付き合うべし』と報告している。

魔王ヴァナルアーダは、歴代の魔王の中でもとびきりの実力者だ。そして、民を思いやる慈悲深き主でもある。魔族のために命を懸ける彼のために、魔族たちも命を懸けるだろう。彼の率いる魔族と戦うのは絶対に避けるべき事態だったのだが……。

「宮仕えの不自由さだな」

最も戦いたくない相手との戦いに、オーランドも苦笑するしかなかった。
そして対面する二つの軍の指揮官が、攻撃の開始を告げるべく剣を掲げ、

『────突げ』

ドグォバギャリュギャガァァァァアアアアアアアンン!!

進軍突撃の合図を告げる直前で、その号令が掻き消された。
いくつもの轟音が一緒くたになった、凄まじい破壊音。
それは丁度、本隊の突撃に合わせて迂回進軍しようとしていた魔族軍の魔導隊のある辺りから鳴り響いた。

『グルォォオオオオオオオオオオオオオオッッ!!』

轟音とともに巻き上がった土煙が薄れると、赫々たる炎とともに精神を揺さぶる雄叫びが戦場に木霊する。
それは、この世界の誰もが……否、あらゆる生物が恐れ、畏れながらも憧れを抱いて仰ぎ見

る存在。

「……ドラゴン」

「紅蓮竜、だと？」

『グオオオオオオオオッッ!!』

紅蓮竜は、その赫い輝きを放つ鱗を煌めかせて首を掲げ、業ッ、と炎の吐息を吹き出した。

魔族たちが長年かけてテイムしてきた強力な魔物たちだが、最強種たるドラゴンの炎に焼かれては無事ではいられない。魔導隊が誇る魔物の群れがまたたく間に消し炭になってゆく。

「なぜ、紅蓮竜が……？」

「まさか、彼女が……？」

突然現れて戦場を蹂躙(じゅうりん)するドラゴンに啞然とする双方の指揮官だが、かの紅蓮竜に対する知識がある分、先に正気に戻ったのはオーランドの方だった。

「後退！　後退だ！　敵が混乱しているうちに王都へ逃げ込め！」

「いかん！　逃がすな！」

王都へ撤退を開始する第一軍を追撃しようとする魔族たちだが、その目の前に赤い壁のごとく紅蓮竜が立ち塞がる。

『グルァッ!!』

翼を羽撃(はばた)かせた強風で魔族たちを怯(ひる)ませ、巨大な尻尾が振るわれて吹き飛ばす。

前線が混乱し、とても第一軍を追撃できるような状況ではなかった。

「何故……何故ここに紅蓮竜などが……！」

孤高であり自由であるはずの竜が人間を守るように現れたことに戸惑うヴァナルアーダだが、そのドラゴンの背に人影を見つけて息を呑む。

無尽蔵に炎の魔法を垂れ流す紅蓮竜の背に乗れる人間など存在しない。存在するとすればそれは、紅蓮竜自身が自分の背に乗るのを許可したということになる。

「……竜騎士(ドラゴンライダー)、だというのか……？」


亜竜ではなく、成竜に跨る正真正銘の竜騎士。そんなお伽噺(とぎばなし)のような存在が有り得るのか？

だが、紅蓮竜に薙ぎ払われてゆく部下たちは現実だ。

どれほど信じられなかろうと、蹂躙される魔族たちはれっきとした現実である。


「陛下！　お下がりください！」

「陛下！　我が隊が殿を務めます！　どうか、どうか御身は安全な場所まで！」


部下たちが後退するように嘆願するが、ヴァナルアーダは彼らを押し退(の)け、いまだ魔族たちを打ち払う紅蓮竜へ向かって行く。


「――紅蓮竜の主よ！　我が名は魔王ヴァナルアーダ！　戦場の慣例に従い、汝に一騎打ちを申し出る！」

「魔王様!?」

「陛下!?」

魔族たちが悲鳴を上げる。

一騎打ちは、文字通り騎兵同士の戦いだ。慣例に従うなら、相手は紅蓮竜とともに戦っても文句は言われない。

ヴァナルアーダは、最強の代名詞であるドラゴンと一人で戦おうというのだ。

「陛下！　どうかお下がりを！　我らが時間を……」

「ならん！　これ以上我が民が……我が家族が傷付くのを黙って見ていることなど出来ぬ！　我は魔王、我は魔族という一家の父ぞ！　父が子を守らずして、どうして平然としていられるものか！」

「……魔王様……」

魔族たちが涙ぐむ。

自分たちの長は、いつもこうやって自分たちの先頭に立つ。上に立つ者としては問題もある。

だがそんな彼だからこそ魔族の民は彼を慕い、彼を敬う。

自分たちの王は最高だ、と。

「はははははっ！　いいねいいね、気に入ったよ！　格好いいじゃないか！」

動きを止めた紅蓮竜から楽しげな笑い声が響く。正確にはその背に跨った人物から。

紅蓮竜の背に立ち上がった人影が、ひょい、と気軽い足取りで飛び降りる。かなりの高さだったが、その場で軽くジャンプしたような身軽さで着地し、その人物は改めて笑った。

「良い男だ！　良い男だよ、あんた。あたしはあんたみたいな男に弱いんだ」

ヴァナルアーダは目を見開き驚いた。無論、魔族たちも同様だ。

竜騎士などという存在自体が冗談じみているが、その人物がまだ若い女性――少女となれば、驚くなというのが無理な話だ。

しかも、おまけに、かなりの美人だ。

切れ上がり気味の双眸（そうぼう）は意志の強さを感じさせ、繊細な面立ちと裏腹な野性味のある笑みを浮かべている。

身に着けているのはいかにも冒険者らしい実用重視な革鎧（かわよろい）だが、それでもその鍛えられしなやかに引き締まった四肢と、女性らしい柔らかなラインは見て取れる。

他を圧する存在感、にじみ出る意志の強さは人によって好みが分かれるだろうが――魔族の感性では、極上の美女と言っていい。

極上の女戦士だ。

「身体を張って子分を守る！　家族を守るために意地を張る！　実にいい親分だ！　あたしは涙もろくてね。そういうのを見せられたら、応じないわけにはいかないねぇ」

少女と言うには迫力のありすぎる美女――キリハは、腰に吊った刀を引き抜き、気分良さげにニコニコと笑う。

「ヒエン、手出しするなよ。そこでじっとしてな」

『良いのか？』

「いいさ。自分が盾になることであんたから仲間を守ろうってのが、あの色男さんが一騎打ちを申し込んできた目的だ。あんたがじっとしてれば目的は果たせる。あっちに文句はないはずだよ」

そうだろ？　と微笑みかけられ、ヴァナルアーダは内心戸惑った。

少女の言った通りだ。紅蓮竜が手出しを控えるなら、それでヴァナルアーダの目的は達成される。

されるが、問題はこっちではなくてあっちの方だ。

「……一騎打ちだ。そちらが乗騎を用いても、余は異論を挟まぬが？」

「馬鹿お言いでないよ、色男。あんたみたいな良い男にダンスを申し込まれて保護者同伴じゃカッコがつかないだろ？」

「こう見えても、余は強いぞ？」

「あたしだってこう見えて、普通の女の子ってやつに憧れててね。普通の女の子はあんたみたいな色男に誘われたら、独り占めして味わいたいって思うもんだろ？」

「……変わった人間だな」

ヴァナルアーダは思わず笑ってしまった。こうもあからさまに笑わされたのはずいぶん久しぶりだ。側近のクルルエーメが瞠目(どうもく)していた。

だが、変わった人間と言わざるを得ない。

魔族に偏見のない人間はこれまでにもいたが、この少女ほど明け透けに好意を示されるのは初めてだ。こんなに気軽に冗談を交わすのも。

「――余はヴァナルアーダ。ヴァナルアーダ・グリアレス・アウィニデ・ドゥ・ヴォーバン。凍てつく冬の三日月の夜に生まれた最初の息子。魔王となってからは魔族を導く者の字名を名乗っている」

「……ご丁寧に有難う御座います。名乗りを受けまして、手前仁義を発します」

少女は表情を引き締めると、刀を地面に突き刺す。そして中腰になって右の掌を差し出した。

「向かいましたる親分さんには、初のお目見えと心得ます。手前、生国は日本、住まいは東京品川で御座います。稼業、東京新宿に住まいを構えます、聖凰会の初代を務め、今は後進に跡目を譲った隠居者で御座います。姓は和泉、名は霧羽。御見知り置かれ、以後は熟懇に願います」

雰囲気からして、何らかの儀礼に則った名乗りなのだろう。見たことのない挨拶だが、手慣れて堂に入っており見事なものだ。

ところどころ聞き取れぬ部分もあるが、名前はたしかに聞き取った。

「キリハ、か。よろしく頼む」

「こちらこそ頼むよ、アーダの旦那」

魔族たちが鼻白んだ。

字名を愛称呼びするのは、彼らの流儀ではよほどに親しい者同士でなければ失礼に当たる。上位者が親愛の情を示すのならともかく、そうでないのなら家族――親子か兄弟か、もしくは夫婦でしか許されないものだ。

魔族の流儀ではあまりに気安くて無礼になるところだが、ヴァナルアーダはキリハの呼び掛けを笑って受け入れた。

「アーダ、か。妹以外にそう呼ばれたのはどれほど振りか……ふふ、俺はよほど気を詰めていたらしい。そう呼び合える友すら作れないほどに……まさか一騎打ちの前に、これほど穏やかな心持ちになれるとはな」

「全力でやれそうかい？」

「ああ。程よく力も抜けた。いつでも始めよう」

「なら、やろうか」

「ああ、やろう」

直後、キリハが大きく飛び退く。

彼女が立っていた地面からは、無数の刃が生えている。

「余は火と地の二重属性。そして得意とするは、即座に武器を鍛造せしめる武錬魔法。我が視界に映る大地は、すべてが我が武器となる」

「そいつは剛毅だ」

辛くも初撃を躱したキリハだが、着地するやいなやまたすぐに跳躍して大地から生成された刃を躱す。

おそらく地面で蠢く魔力を察知しているのだろうが、凄まじい反射能力だとヴァナルアーダは感心した。

さすがは竜を従える者。一筋縄ではいかない。

「これならどうかな――」

ヴァナルアーダは大地に手を触れ、より念入りに魔力を注いで魔法を練る。

そして彼の周囲に、鉄で出来た蛇が無数に鎌首を上げた。

「往け、鉄鎖の蛇よ」

黒光りする鉄蛇がキリハに迫る。

大地から無制限に伸びて襲ってくる蛇に対し、キリハは避け、あるいはその素っ首を刀で叩き切る。

だが蛇は自由に身を捻って再襲撃し、断たれた首はすぐに再生成されて何事もなかったかのようにキリハに噛み付こうとする。

「こいつは面倒――ちぃ！」

身体をかすめる鉄の蛇を躱し続けていたキリハだが、何かに気付くと傷付くのを承知で無理やり跳躍した。足元からまた魔法で生成された刃が生えだしたからだ。

変幻自在に操ることの出来る錬鉄の蛇――それに気を取られている相手への足元からの錬成刃の襲撃。まさかこれほどの魔法を同時に使えるなどと思われず、ヴァナルアーダの必勝の策であったが、

「これすら躱すか……だが、詰みだ！」

跳躍中のキリハへと蛇をけしかける。鉄鎖の蛇に絡みつかれ、キリハは空中に雁字搦めにされた。

「二段構えか……念入りなことだね」

「ここまでさせたのは貴殿が初めてだ、キリハ殿」

ヴァナルアーダは鉄鎖で縛られたキリハに歩み寄り、感嘆と申し訳無さを綯い交ぜにした顔で懇願した。

「……降伏して欲しい。けして悪いようにはしない。そなたほどの人物を殺すのは忍びない」

「おっと、そのセリフはまだ早いよ、アーダの旦那？　だってこれは、あたしの望んだ状況だからね」

「なに？」

ヴァナルアーダが疑問の声を漏らすと同時に、鉄鎖の蛇が砕け散った。

力任せに拘束を引き千切ったキリハは、全身から擦過傷による血を流しながら、至近距離に近寄った魔王へと斬り掛かる。

「ぐっ……」

とっさに生成した剣で防ぐヴァナルアーダだが、あまりに鋭く重い一撃に手が痺(しび)れた。

「あたしには属性だかってものがないらしくてね。あたしが出来る魔法は自己強化だけなんだとよ。けど、魔力そのものはたっぷりあるみたいだからね。こういう強引な真似も出来るのさ」

「人間の身体には耐えられぬほどの強化魔法……強引な自己治癒で押し切るつもりか!?」

「ご明察！」

流れる血がいつの間にか止まり、キリハは目にも留まらぬ動きで斬撃を繰り出す。

至近距離で相対するヴァナルアーダには、少女の身体から亀裂が走るような異音を聞き取ることが出来た。強化しすぎた筋力に骨格が耐えられず軋みを上げているのだ。靭帯(じんたい)だって断裂しているかも知れない。

戦闘種族と評される魔族の王たるヴァナルアーダも、キリハの戦い方には顔を青くした。

いまのキリハは、全身が凄まじい痛みと疲労感に襲われている筈だ。破壊もそうだが、再生はさらに苦しい。また、治癒しようと疲労は残る。

だが、キリハの動きは鈍るどころか加速している。

おまけに、笑っている。

楽しくてしょうがないという顔だ。あるいはこの興奮状態が、痛みと懈さを吹き飛ばしているのか……。

「ぐっ、ぬ、うっ!?」

生成した剣が砕けた。

すぐに新しい剣を用意するが、数合打ち合うことですぐにまたへし折れる。力も技もあるが、何よりキリハが振るう刃はかなりの業物だった。

いかに無数の武器を用意できると言っても、魔法で急造したヴァナルアーダの武器とは比べるべくもない。

「……こちらの懐に潜り込むために、敢えて捕まってみせたか。見事。余もまんまと騙されてこうして打ち合っているが……まだ余の方が有利だぞ！」

「そうかい？　そう思うかい、大将？」

「如何に魔力量が多かろうと、身体の限界を超えた強化に、壊れた身体を無理やり治す治癒を全力で発動させ続ければ長くはない！　そなたは白兵戦での短期決戦を企図しているのだろうが、耐えれば勝つのは余の方だ！」

「それは耐えられれば、だろ？　アーダの大将ぉ！」

「耐えてみせるぞ、キリハァァアアア！」


空を斬り、大地を裂く剣戟の応酬が続く。

魔族たちは固唾を呑んで見入っていた。魔王たるヴァナルアーダがここまで苦戦することがそもそもない。彼が接近戦を強いられるなど滅多にない事態だった。

はらはらして見守るのだが、それよりも彼らを驚かせたのは、

「……陛下が、笑っていらっしゃる……」


剣戟に応じるしかない超接近戦を強いられながら、ヴァナルアーダは笑みを浮かべていた。まるで親しい者と茶飲み話でもしているかのような、ごく自然な笑みだった。

王妹殿下が魔禍病に倒れ、魔族が苦しむ現状に胸を痛め、常に厳しい表情をしていた魔王陛

下。彼が最後に見せた笑顔が思い出せず、魔族たちは胸を痛めた。

自分たちはいつの間にか、主にして父たる陛下から笑顔を奪っていたのだと。

「……陛下！　負けないでくださいい陛下！」

「勝ってください陛下！」

「我らが魔王陛下！」

「魔王ヴァナルアーダ様！」

「……愛されてるねぇ、大将」

「……ああ、余の自慢の部下、余の自慢の息子たちだ。それ故にこそ、余は負けられぬ！」

「上等っ！」

二人の剣戟がさらに速度を上げた。後先考えずアクセルを踏み込んだキリハに、ヴァナルアーダも負けじとギアを上げる。

チキンレースだ。

キリハの斬撃に、ヴァナルアーダの錬成剣が耐えられる時間がどんどん短くなる。壊れる端から作るのではすでに間に合わず、ヴァナルアーダは常に武器を錬成しながら戦い続ける羽目になった。

持久戦に持ち込めば勝てる……だがいつの間にか、魔王もまた短期決戦に引き摺り込まれていた。

先に魔力の尽きた方が負ける。あるいは、一合でも打ち損なえば。

「おりゃあああああっ!!」

「ぬおおおおお——ッ!?」

ついに、キリハの斬撃が一合にて魔王の錬成剣を砕くようになった。

ヴァナルアーダは未完成の剣で切り返されるキリハの刀を受けようとするが、不完全な刃では最早盾にすることも叶わなかった。

「せい、りゃぁあああっ!」

「ぐっ、が……」

逆袈裟の一撃が、中途半端な錬成剣を断って、ヴァナルアーダの胸を撫で斬った。

致命傷ではない。だが極度の集中が途切れるには十分すぎる深手だ。

胸を押さえ、ヴァナルアーダは膝を突く。

ちゃきり、剣先を突きつけてくる少女を、魔王は痛みを堪えて見上げた。


「いい勝負だったな、アーダの大将」


キリハは、流れる血をぺろりと舐め上げながら笑った。

最後の最後で、キリハは治癒を後回しにして、ひたすら身体強化に魔力を注ぎ込んで戦っていた。過剰な強化に耐えかねた身体が血を流し、少女の全身が血の汗を流したように赤く染まっている。

だが、美しい姿だった。

血に染まってもなお、いや、血に染まっているからこそ美しいのか。

──これほど美しい者に敗れるのなら納得できる。

ヴァナルアーダは、自分でも驚くぐらい柔らかな笑顔で微笑み返した。


「……一つだけお願いしたい。余はもう歯向かわぬ。大人しく貴殿に首を差し出そう。その代わり、余の部下たちが撤退するのを認めてくれないか？」

「……あんた、意外に卑怯な男だね？　あたしが命を懸けた男の末期の言葉に弱いって、そう

いうのを察してお願いしているだろう？」

「ここまで斬り合ったのだ。そなたとて、余がこう言い出すのを察していたのではないか？」

「そりゃあ、ね……あんだけ濃い時間を共有したんだ。古女房並みに理解しているさ、あんたの気高さはね。もちろん、そんな願いされたら、あたしとしても断れないけどさ」

「……感謝する。さぁ、余の首を刎ねて殊勲となされよ。貴殿の武勲となれるなら、余もあの世の誉れと出来る」

「お待ち下さい！」


魔族たちの中から、魔王の側近であるクルルエーメが飛び出し、キリハに向かって深々と土下座した。


「どうか、どうか陛下をお助け下さい！　代わりに自分の首を差し上げます！　いえ、なんなら戦果として奴隷にして下さっても構いません！　いかなる扱いも受け入れます！　ですからどうか陛下だけは……」

「クルルエーメ！　貴様、余の誇りに傷を付ける気か!?　これは余から申し出た一騎打ちぞ！　約を違えることなど出来ぬ！」

「しかし、しかし、魔王陛下……」

「おまけに、貴様を身代わりにして生き恥を晒せと？　そのような恥知らずな真似をするくらいなら自分で首を括るわ！　余に臣を、子を見捨てろと言うのか!?」

「しかし！」

「控えていろ、クルルエーメ！　我が身はすでにキリハ殿にお任せしたのだ。貴様の出てくる余地などないわ！」

「ヴァナルアーダ様……！」


深手の痛みを感じさせないヴァナルアーダの叱咤に、クルルエーメは滂沱の涙を流した。

このような状態になってまで誇りを失わぬ主を誇らしく思う反面、言いようのない悲しさが去来する。


「……いらぬ節介をかけた。さぁ、キリハ殿――」

「陛下！　いけません陛下！」

「竜騎士様！　どうか我らの首でお許しを！」

「我らの魔王陛下をお助けください！」

魔族たちは一斉に武器を捨て、クルルエーメを倣って土下座した。

一兵残らず自分の助命を懇願する部下たちに、ヴァナルアーダの胸に怒りと慈しみが同時に湧き上がる。

「お前たち……」

「くっ……あ――――っはっはっはっは!! いいなぁ、あんたたち！ あんたたちみたいな気持ちのいいバカはほんとうに久しぶりだ！ あはははははははっ!!」

呵々大笑し、キリハは刀を鞘に収めた。

「うん、惚れた！」

「……なに？」

「あんたに惚れたよ、アーダの大将。良い男だ。いい親分だよ、あんたは。こんなの見せられちゃ、惚れないわけがないだろう？」

「ほ、惚れた……？ い、いや、待て、待ってくれ……急にそんなことを言われても……」

突然の告白に、ヴァナルアーダは顔を赤らめた。

魔王としての職責に、魔禍病に倒れた妹の看病。それらに忙殺された彼に、女性と親しくする時間などあるはずもなかった。
こうもはっきり『惚れた』と言われ、上手く受け流すようなスキルを、この魔王は所持していなかった。

「いいものを見せてもらった。後はあたしに任せときな。なに、悪いようにはしないよ。その証拠に、一人も死人は出しちゃいないだろ？」

「……なに？」

混乱したままのヴァナルアーダが、戦場に倒れ伏す魔族たちに目をやる。
慌てた兵たちが急ぎ駆け寄って戦友たちの安否を確認すると、「生きているぞ!?」と声を張り上げた。

「魔物の群れはともかく、兵士に死人が出ると纏まるものも纏まらなくなるからね。ああ、怪我くらいは大目に見てくれよ？」

「い、いや……生きていればなんとでもなる……」

多少の怪我なら魔法に秀でた魔族ならいくらでも治せる。死なない限りはあまりこだわらないのが、良くも悪くも魔族の流儀であった。

「ヒエンもご苦労さま。で、縛りプレイはどうだった?」

『なかなか新鮮だったな。我も、あまり混乱は望ましくない。リッタニアに新しいケーキをご馳走してもらう約束もあったからな』

「……もしかしてこの戦の功労者は、あのショタ好き侯爵令嬢なのか?」

「…………」

ヴァナルアーダは呆然とキリハを見つめた。

介入してきた時からすでに、場を収める算段をしていたのだ。もしかしたら、自分が一騎打ちなど申し込まなくても、収める手段があったのかも知れない。いや、あったのだろう。

それを放棄してヴァナルアーダとの一騎打ちに応じたのは……。

「……余も惚れた。なんという女だ……なんという……」

負けた。

不思議と敗北した自分が喜んでいることを、魔王は清々しく笑って受け入れた。

第五十四話　ヤクザ女公爵の得意技

「何度でも言いましょう、国王陛下。此処で手打ちにしないなら、あたしは魔族に味方する」

「……もう一度言ってくれないか？」

王城の謁見の間。

玉座に座るパトリック王に、キリハは胸を張って告げた。

キリハは魔王ヴァナルアーダを一騎打ちで打ち負かし、魔族たちをその場で待機させると、ヒエンに跨って王都へ向かった。細々とした挨拶を済ませて登城すると、キリハはニコニコ顔で迎えられた。

キリハの活躍はすでに物見や斥候から伝わっていたのだろう。王都を救った竜を従える英雄に、城の者たちはとても丁寧に対応した。

すぐに国王との謁見も整えられて対面したのだが……キリハが言い放ったのは、誰もが耳を疑うような内容だった。

「そもそも魔族たちが立ち上がったのは、王国側が約定を破ったのが原因。飢えれば襲う、窮すれば抗う、それは当然のことだ。王国は魔族を飢えさせず窮させない義務と責任がある」

「…………」

「無論、兵を挙げた魔族の側にも責任はある。いま王国から正式な謝罪をされれば、魔族は兵を引くと言っている。それだけでなく、無償で王国内の魔物の討伐に協力するとも言っている」

謁見の間がざわついた。同席している少なくない貴族たちだ。

魔物の討伐はどれほど戦力があっても困ることはない。領地によっては、地形的に私兵団や傭兵(ようへい)を使うより、手練(てだれ)の狩人(かりゅうど)を少人数で動かした方が良い土地もある。

自分たちの戦力が目減りしないで済むなら、貴族たちにとっても十分に見返りがある。

「その場合は、冒険者ギルドが魔族の身元を引き受けると名乗り出てくれている。素材の売却取り分は依頼した貴族、冒険者ギルド、討伐した魔族で三等分だな」

「……王国への見返りがないが？」

「そこはあたしが請け負うよ。魔族の一部をあたしの領地に招く予定だ。そこで魔禍病の薬の素材を育てさせればいい。国が供給する負担が減るだろう？」

「魔族を移住させる、と？」

「あたしの領地には潰れちまった村がいくつもある。土地が有り余ってるから問題ないよ」

「…………」

「まさか、首輪がなくなるから認められない、なんてことは言わないよな、慈悲深いパトリック陛下？　せっかく魔王陛下も喧嘩両成敗で納得してるっていうのに」

「……女公爵。いかに王都を救った英雄といえど、いささか不敬ではないか？」

「おっと、こりゃ失敬」

まったく悪びれていないキリハの返事に、注意した宰相も苦い顔をする。

そもそも、敬語を使っていないのもキリハの脅しのひとつだ。

「今すぐ敵になる覚悟は出来てるぞ？」

と態度で示しているのだ。

ふてぶてしいまでの恫喝であった。

「畏れながら、陛下」

「……何かな、アールスエイム侯爵？」

「キリハレーネ嬢……失敬、グランディア女公爵の提案は王国の利となるところ大です。そもそも魔族の待遇改善は陛下も叡慮なさっておられたこと。これを機に、王国の悪しき因習は刷新すべきと愚考いたします」

「…………」

パトリックは侯爵でなく、素知らぬ顔のキリハを睨んだ。睨まれたキリハは肩を竦めるだけだが、それで侯爵と彼女がつながっているのはすぐに知れる。

アールスエイム侯爵は、キリハレーネを姉と慕いヒエンを愛でるメガネ委員長の侯爵令嬢こと、リッタニアの父親である。

侯爵は海千山千の宰相をやり込めて娘の窮地を救ってくれたキリハに感謝しており、その手管に感心もしていた。その彼女に事前に根回しされれば、これくらいの援護射撃はお安い御用である。

また、侯爵の領地も、広すぎるために私兵団や既存の冒険者たちでも魔物の討伐に手が足らない状況にある。優先的に魔族の精鋭が派遣されるのなら、領内統治の問題もいくらか解決して至れり尽くせりだ。

理だけでは人は動かない。また、利を求めない人間は信用ならない。

キリハはしっかりと理と利を用いて侯爵を説得していた。

「陛下、畏れながら私も侯爵閣下に同意します」

「我が領地も、大軍は動かしにくい土地でして……」

少なくない貴族たちが侯爵に続く。

パトリックは涼しい顔のキリハを睨んでいたが、やがて首を振って騎士団長に問いかけた。

「オーランド……勝てるか？」

「それを某に言わせるのですか、陛下？」

「……詮無いことを聞いたな。魔族の精鋭一万に、紅蓮竜を従えたキリハレーネ……考えるだけ無駄なことだな」

「おやおや、気弱だね？　勝負は水物だ。やってみたら意外に勝てるかもよ？」

「王都を灰にするのと引き替えにか？　勝ったとしても何も残らないのでは話にならないではないか」

茶化すキリハに、パトリックは鼻を鳴らした。

もともと、魔族とは互いの被害を最小限にして講和するしかなかったのだ。キリハの提案は当初の想定以上に上手い落とし所だ。拒否する理由はない。

ないが、すべてがキリハの思い通りのようで、それがパトリックには大いに気に入らない。

「……魔王陛下も、それでよろしいのか？」

「無論」

キリハの背後に無言で佇んでいたヴァナルアーダが、パトリックに問われて静かに頷く。

「余はキリハ殿に敗北し、その進退をすべて預けている。余に不満はない」

ヴァナルアーダは堂々と答える。負けたと言うが、それはキリハにであって、王国に対してではないということだろう。

もっとも、王国も負けたとは言えない。所詮、魔族に叩き潰されたのは連合軍を名乗る跳ねっ返りの私兵たちと、悪徳宗教の手先である聖堂騎士団だけなのだ。王国政府からすれば、むしろ潰してくれてありがとうと礼を言いたいくらいだ。

パトリックはもう一度涼しい顔をするキリハを睨み、やがて肩の力を抜いて息を吐いた。

「あい分かった。此度（こたび）のことは喧嘩両成敗ということにしよう」

「お待ち下さい陛下！　我々は魔族に被害を受けたのですぞ!?」

「そうです！　我々の損害はどう補塡されるというのですか⁉」

「……そなたらの受けた損害、か」

国王の決定に待ったをかけたのは、ぼろぼろの姿の貴族たちだ。連合軍を形成していた貴族たちの生き残りである。

ユリアナの魔力暴走による混乱によって、幸運にも生き残ったらしい。

いっそ死んでいれば手間が省けたのにと内心愚痴りながら、パトリックは面倒臭そうに彼らに問いかけた。

「被害というが、その被害は無駄な被害ではないか？　もともと第一軍と第二軍は籠城しようとしていた。そうしていれば、そなたらの兵たちも被害など受けなかったであろう？」

「わ、我々は王国の勇気と誇り高さを示そうと……」

「そもそも、王立軍が出陣しないなら自分たちだけで撃退する、などと気炎を上げていたのはそなたらではないか。そなたらは自分たちの判断で出撃し、そしてズタボロに負けて帰ってきたのだ。自業自得ではないか。国が補塡する必然性など見当たらないな」

「それでも我らが勇敢に戦って被害を受けたのは確かです！」

「なら、魔王陛下に直接訴えればよかろう。『あなた方にコテンパンに打ちのめされた被害の補塡を要求する』と。余なら笑止千万と笑い捨てるがな。負け犬の遠吠え以外の何物でもない」

『…………』

連合軍の貴族たちが押し黙った。

結局、彼らは勝ってなどいない。ただ負けただけだ。

負けた方が勝った方に損害賠償を要求する？

そんな馬鹿な話が通るわけがない。

「敗者に語るべき言葉などない。これ以上醜態を晒すな。踏み潰したくなる」

もともと腐ったリンゴとして排除する予定だった連中だ。パトリックに慈悲はない。

結局、キリハの提案（という名の脅し）はすべて受け入れられ、パトリックとヴァナルアーダの間で停戦と講和、そしてこれからの関係改善に関する条約の調印が行われることになった。

結果だけ見れば、王国は大した被害も受けず万々歳である。

「まったく腹立たしい女よ」

不満顔で愚痴るパトリックだが、言葉と裏腹に妙に嬉しそうな表情だったと、宰相は後に語っている。

第五十五話　大団円？

「いやー、王都に戻ってみたら全部解決してるとは！　キリハ様が転生してくれて良かった！　本当に感謝感激雨あられですよ！　あ、飴ちゃん食べます？　グランディア領に自生してたサトウモロコシから作ったんですよ？　いま農業生産する計画も進行中です！」

「お前はいったい何処へ向かっているんだ？」

キリハに少し遅れてグランディア領から王都へ到着したジェラルドは、到着したらすでに戦闘パートが終わっていると知って狂喜乱舞した。

ひとしきり「さすがキリハ様、さすキリ！」と褒め称えると、すべての悩みから解き放たれた仏陀のような微笑みを浮かべはじめた。

「これでこの国も安泰です。魔王ヴァナルアーダが籠絡される可能性は薄いと分かっていましたが、あの邪悪なユリアナの存在が彼の人間嫌いを加速させる要因でしたからね。彼の心も解きほぐしてくれて、これで今後二百年は大陸も安泰です」

「ほんとにそうかねぇ」

飴ちゃんを舐めながら、キリハは浮かれているジェラルドに冷や水を浴びせる。

「あたしは、まだ一波乱ありそうな気がするんだけどね」

「問題の有りそうな貴族は軒並み力を失って、王国も魔族との関係改善に舵(かじ)を切って、一週間後には調印祝賀のパーティも行われるんですよ？　何か不安材料でもあるんですか？」

「勘だよ、勘。上手く行ってる時ほど、何処かで誰かが悪巧みをしてるもんさ。鉄火場に生きてきた極道の勘ってやつさ」

「……そこで女の勘って言えないキリハ様に、普通の女の子なんて不可能なのでは？」

「ほっとけ。まぁ、不安材料もあるっちゃある。あのクソ女の行方が分かんないって不安がな」

「戦場で死んだのでは？　どれほど男の籠絡が得意だろうと、純粋な暴力の前には無力な女性にすぎないでしょう？」

「無力かも知れないが、毒を持ってる」

キリハはガリッ、と飴を砕いた。

本当ならあの戦場にはもっと早く到着して、こっそりユリアナを始末する気だった。のこのこ戦場に出てくるなんて、殺してくれと言ってるようなものだ。期待に応えてやろうと思ったのだが……予想以上に状況が進んでいたので、無理やり割り込まざるを得なかった。

　世の中、なかなか思う通りには運ばないものだ。


「ま、準備だけはしとかないとね。あの女が姿を消して、ようやくこっちが先手を取れる状況になったんだ。これまでの鬱憤を晴らす絶好の機会だ」

「……楽しそうですね？」

「あたしはこう見えて、守るより攻めるのが好きなんだ」

「…………」

　見た目のまんまじゃないですか、とはジェラルドも言わなかった。流石にそれくらいを黙っとくくらいの分別は付いてきた。

「じゃあ、やるか。お前はこういうのを……なんて言ってたっけ？」

「ざまぁ、ですか？」

「そう、それそれ。じゃあ『ざまぁ作戦』の始まりといくか」

キリハはわくわく顔になって、ジェラルドにあれこれと指示を出す。

彼女の出したあれやこれやを聞くにつれ、ジェラルドの顔が盛大に引き攣っていく。

「……そこまでやりますか？」

「生意気な糞ガキを権力と暴力で叩きのめすのは最高の娯楽だろ？」

ヤクザそのものな発言をしてニヤニヤ笑うキリハを見て、ジェラルドは寒気と怖気(おじけ)にぶるっと身体を震わした。

※　※　※

「…………ありえない」

目が覚めたユリアナは、現在の状況を知って呆然と呟いた。

すでに魔族との戦は決着が付いており、それどころか講和と関係改善にまで話が進んでいる。

おまけに一週間後には魔王をはじめとする魔族の要人を招いた祝賀パーティが王城で行われるという。

そしてそれを強力に推進したのは、悪役令嬢であるはずのキリハレーネだった……。

「ありえない……ありえないわよこんなの！　認められるわけがないわ!!」

ユリアナは髪をかき乱して叫んだ。

自分はヒロインだ。自分はこの世界の主人公だ。すべては自分の思い通りになるはずだ。
こんなのはおかしい。自分の思い通りにならない世界なんておかしい。

「いかがいたしましょう、聖女様……」

大司教が怯えた顔をしている。

気絶した自分を助けてくれた命の恩人ともいえる彼に対し、ユリアナは容赦なく彼を蹴り倒し、その頬を思い切り踏み躙(ふみにじ)った。

「わひぃぃいいいいいいいっっ!??」

「いかがする？　いかがするもなにもないでしょうが！　こんなの認められるわけがないでしょうが!!」

「わぶっ!?　わびっ!?　わぎゃひぃんっ!??」

「あんたの手駒を集めなさい。生き残った貴族の連中もね。それと……わたしを守れもしなかった役立たずのバカ王子はまだ生きているんでしょうね？」

「わっ、わおん……い、生きています……ただ右腕を失っており、精神も不安定で……」

「生きていればいいわ。あれをひとまず神輿（みこし）にするわよ」

「み、神輿……？」

「次の王様が必要でしょう？　腕がなくなろうが脚がなくなろうが、椅子に座らせられるなら何だっていいわ」

「そ、それはつまりクーデターを……」

「クーデター？　馬鹿言わないでよ。間違いを正すだけじゃない」

「…………」

「そうよ……わたしの思い通りにならないなんて間違ってるのよ……」

間違っているのはわたしじゃない。この世界が間違っているのだ。

間違いは修正しなければならない。

「わたしの思い通りにならないなんて、絶対におかしいのよ……」

ユリアナは笑う。被るべき猫も仮面も無くなった彼女の笑みは、どこまでも薄っぺらいものだった。

※　※　※

魔族との講和と関係改善を祝うパーティは、予定通り行われることになった。

客人の為に用意された王家所有の屋敷で、魔王ヴァナルアーダは腹心の双子に何度も自分の姿を確認していた。


「エーラ。どこか余の格好におかしいところはあるか？」

「……いいえ。いつものように完璧でございます、陛下」

「エーメ、お前はどう思う？」

「……トッテモ、カッコイイト、オモイマス、ヘイカ」

「そうか……エーラ。やはりどこか余の格好に……」


こんな感じだ。

ヴァナルアーダに対する忠誠においては右に出るものは居ないと豪語するクルルエーラとクルルエーメだが、終わりのないループに付き合うのもそろそろ限界だった。

不安げにしつこく確認する魔王陛下にやんわりと忠告した。


「陛下、あまりしつこい殿方は嫌われてしまいますよ？」

「む……そうか。しかしだな……」

「あまりしつこいと、リディリィアーネ様にも笑われてしまいますよ？」

「……分かった」


ヴァナルアーダは納得いかない顔で口を閉ざした。

まるで初デートを前にそわそわする子供みたいな魔王様の姿に、わたしは陛下の母親じゃないんだけどなぁ……と、クルルエーラは遠い目になった。

まぁ、しょうがあるまい。事実、魔王陛下にとっては初めてのデートなのだ。

もうじき、キリハレーネ・グランディア女公爵がこの屋敷を訪れることになっている。その後、ヴァナルアーダが彼女のペアとして、王城のパーティに赴く予定である。

ヴァナルアーダがそわそわするのは、クルルエーラとしても理解できる。エーラも、キリハの強さには憧憬を禁じ得ない。あんなに美しく強い女性は魔族にもいない。あれほど強い女性に『惚れた』と告げられて舞い上がらない魔族の男がいるだろうか？　いや、いないと断言できる。

とはいえ、理解と納得は別物だ。

早々に考えるのをやめた妹と違い、生真面目なクルルエーラは正直に対応せざるを得ないのだから、いい加減にして欲しいと思ってもバチは当たらない。

「……そういえばリディリィアーネは、やはり到着しないのか？」

「はい。騎獣で踏破するのはともかく、馬車では北方の道は厳しいかと」

「そうか……街道のことも、これから王国と話をせねばならんな」

「御意」

パーティには、魔王の妹であるリディリィアーネも招待されている。だが、魔禍病の特効薬が流通するようになっても、寝たきりが続いた王妹殿下だ。移動には馬車を使わざるを得ず、今日のパーティに間に合うかはギリギリのところだった。

そしてどうやら悪い予想ばかりがよく当たるようで、彼女の馬車はやはり間に合いそうになかった。

「アーネは本来活発な性格だ。キリハ殿とも話が合うと思ったのだが……後日会ってもらえるように頼んでおかなくてはな」

「それがよろしゅうございます」

魔王の血筋だけあって、リディリィアーネも本来は魔物との戦闘に自ら飛び込んでゆく一流の戦士だ。魔禍病が癒えれば、きっと生来の闊達(かったつ)さを取り戻すだろう。

「陛下、キリハレーネ様がいらっしゃいました」

「う、うむ。お通ししてくれ」

待ち人の到来が告げられ、ヴァナルアーダが居住まいを正す。

ややして入ってきたキリハに、魔王一同は目を見張った。

「こんばんは、アーダの大将」

先日とは真逆のドレス姿だが、やはりその存在感は圧倒的だった。

美しく飾られた強者の風格に、魔族たちは武者震いとともに感動する。

「うむ……キリハ殿、今夜はよろしく頼む」

「こっちこそよろしく頼むよ、大将」

笑い掛けてくるキリハに、魔王様は「はうっ!?」と胸を押さえた。

致命傷だったらしい。

「？　どうした、大将？」

「い、いや、なんでもない……では参ろうか、キリハ殿」

ぷるぷる震える身体に活を入れ、ヴァナルアーダは精一杯に胸を張ってキリハとともに屋敷を出発した。

主を乗せた馬車が屋敷を出ていくと、クルルエーラは「ぷっ」と我慢していた笑いを吹き出した。

「まさか、あの陛下があんな風にいっぱいいっぱいになる姿を見るなんて……世の中何が起こるか分からないものだわ。そう思うでしょう、エーメ？」

「……トッテモ、カッコイイト、オモイマス、ヘイカ」

「……エーメ。もう陛下は出発したわよ？」

「…………………はっ!?　自分は今まで何を!?」

「ようやく戻ってきたわね……陛下はすでにパーティへ出発したわよ？」

「あ、そうか？　もうキリハ様も来られたのか？」

「ええ。陛下がガチガチに緊張しながらエスコートしていったわ」

「あの陛下がねぇ……でもキリハ様の『惚れた』って、あれは陛下に惚れたってより、陛下の心意気に惚れた、って意味だろ？」

「そんなことは陛下だって分かっているわ。だからこそ、男としての陛下をアピールしなきゃいけないじゃない」

「男としての陛下ねぇ……言っちゃなんだが、陛下は戦士としても将としても優秀だが、男として優秀かって言われると……」

「いいじゃない。シスコンと言われていた陛下がようやくリディリィアーネ殿下以外の女性に興味を持ったんですから、臣下として喜ぶべきよ」


魔王様、まさかのシスコン。カッコイイのに女の気配がないのも当然であった。

デートの最中に妹の電話を優先するような男は誰だって勘弁であろう。

「大丈夫かなぁ、陛下……」

「心配ですね……」

この手の問題には、てんで信頼感のない魔王陛下であった。

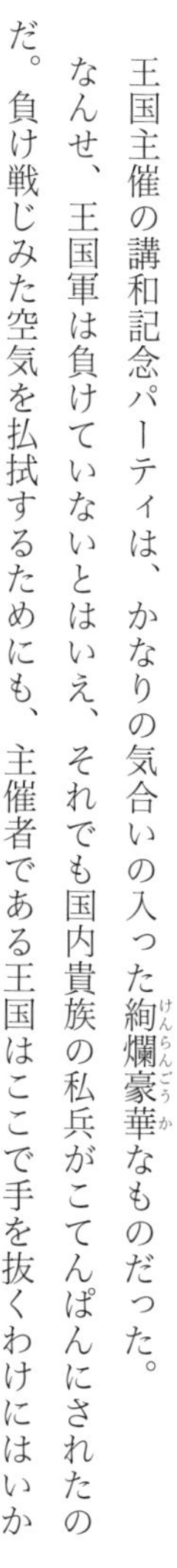

第五十六話　パーティ再び

王国主催の講和記念パーティは、かなりの気合いの入った絢爛豪華なものだった。

なんせ、王国軍は負けていないとはいえ、それでも国内貴族の私兵がこてんぱんにされたのだ。負け戦じみた空気を払拭するためにも、主催者である王国はここで手を抜くわけにはいかないのである。

パーティには貴族だけでなく、他にも有力な商人をはじめとする地位ある平民も招かれた。これはボロ負けしてどの面下げてもパーティに出られない負け犬貴族たちの穴埋めもあるが、パトリック王の意向も反映されている。有能な者なら地位を問わず用いるという姿勢を強めるのに、無能なくせに欲深な貴族が一掃されたこのタイミングはちょうど良かった。

そしてこのパーティで真っ先に人が集まっているのは、広大な領地を持つ大貴族でもなく、長大な販路を牛耳る大商人でもなく、未だ小娘と言っていい年頃の三人の少女たちだった。

リッタニア、ミラミニア、エノラの『キリハレーネの義妹たち』だ。

キリハレーネの存在感が強まるとともに、彼女たちにご機嫌伺いをする者たちは増えていたが、今回はその極みとばかりに群がられていた。

なんせ女公爵にして竜騎士、そして魔王を単騎で打ち破る戦士。耳聡い者は王都の裏組織との繋がりも感づいている。反乱によって荒れた領地も、まるで神の奇跡かと思う速度で回復しているという噂もある。

地位も名誉も戦闘力も兼ね備えたキリハレーネだが、彼女に繋がるチャンネルは少ない。なんせちょっと前までは有名無実の名ばかり公爵家だったので、まともな家臣などいない。貴族ならムダに多い一族一門も、没落した本家を見限って何代も前に逃げ出している。キリハレーネとの伝手は驚くほど限られているので、その限られた伝手であり『先見の明』によって姉妹の契りを交わした三人娘たちに、人々が群がるのは自明の理と言えた。

「……疲れますね」

「急にベタベタしてきて気持ち悪いな……」

「……顔が愛想笑いで固まりそうです……」

まだパーティが始まる前だが、三人娘たちはすでに疲労困憊だった。仮にも貴族令嬢としてパーティには慣れていた筈だったが、それは所詮貴族令嬢として。話題の中心に近づいた時どうなるか、彼女たちはようやく実感していた。

「ああ……こんなパーティなんて早く終わって、ヒエンさんを愛でたい……」

「……リッタニアは、あのドラゴン殿がすっかりお気に入りだな」

「当たり前です！　あのサラサラの赤い髪、生意気そうなツリ目、そしてやんちゃな言動に見合わぬツルツルの膝小僧……あぁ、思い出しただけで涎が……」

ぐへへ、と貴族令嬢にはあるまじき笑顔を見せるリッタニアに、ミラミニアは「うへぇ」と引いていた。

だが、リッタニアに呆れるミラミニアへ、エノラが『何を他人事のように……』と呆れた目を向けていた。常識人ぶっているミラミニアが、自分の屋敷で婚約者をどのように『飼って』いるのか知れば、それも無理からぬことである。

義妹たちの中でまともなのは自分だけだと溜め息を堪える、この頃女性とのスキンシップが積極的になってきたと噂されるエノラであった。

そうこうしている内に、いよいよ本命の登場が告げられ、談笑のざわめきが一旦収まる。

まず登場したのは、この国の君主であるパトリック王だ。

本来なら正妃を伴って現れるのだが、息子の王子がやらかした直後だ。華には欠けるが、自身の右腕である王国宰相のクレセント侯爵、騎士団長のオーランドを伴っている。だがしかし、有能な臣下を率いて颯爽と歩む様子は、いかにも国を率いる王威に溢れている。

そして次に現れたのは、目にも眩しい美丈夫と美女の組み合わせだ。

魔王ヴァナルアーダは、さすが乙女ゲーの隠しキャラにして最終攻略対象というべきだろう。華美な装いをして着飾れば、元の色男ぶりに拍車がかかっていた。魔族の特徴である鋭い角も、まるで王冠のように彼の頭上を飾っている。恐ろしい魔物のような姿を想像していたご婦人方が、危険な香りのする魔王の美貌にほぅ、と溜め息を零していた。

そして美女、と言うにはいささか若いが、それでも美少女と言うには強烈すぎる女公爵、キリハレーネ・ヴィラ・グランディア。ツリ目がちな切れ長の瞳が印象的な、ふてぶてしい笑みを浮かべた美貌が男女を問わず目を引き付ける。磁力か引力か、人の意識を引き寄せずにはおけない眩く重い存在感に、人々が息を呑む。

鮮烈な見た目の美男美女の組み合わせ。まるで一幅の絵画のようだ、と会場にいる者たちは感嘆した。これがゲームなら、単価五割増しくらいの気合いの入ったスチルが用意される場面である。

主賓と言っていい二人の登場に、パトリック王自らが歩み寄る。

「よく来てくれた、ヴァナルアーダ殿。改めて此度のこと、不手際を詫びる。どうか許して欲しい」

頭こそ下げないが、国王が発した明確な詫びの言葉に会場の諸氏が驚く。

パトリックの謝意に対し、ヴァナルアーダは優雅な動きで腰を折る。

「あなたの謝罪、謹んで受け取ろう、パトリック王。その上で、こちらも短慮を詫びる。申し訳ないことをした」

「ヴァナルアーダ殿の寛大な心に感謝する。北方の守護者である魔族に、王国はより一層の支援を約束しよう」

「こちらこそ、パトリック王の英断に礼を述べる。魔族もこれからより一層の協力を誓わせてもらおう」

顔を上げた魔王と、歩み寄った国王がしっかりと握手を交わす。

会場に拍手が鳴り響く。

パーティに呼ばれた者たちも、これが事前に打ち合わせたパフォーマンスと分かっているが、それでもこうしてこの光景を目の当たりにしたことに何とも言えない感動があった。

あわや王国の危機という状況だったが、すべては良い方向へ向かっている。

王国の血を淀(よど)ませていた腐れ貴族は軒並み力を失い、我が物顔をしていた教会も聖堂騎士団という戦力を失った。

これからこの国はもっと発展してゆくだろう。

そんな、新しい時代の到来を喜ぶ場に……。


「乱心されたか、父上！」


バンッ！

と会場の大扉が開くとともに、武装した覆面の男たちが乱入してくる。ざわめく会場へ続いて我が物顔で入ってきたのは、隻腕となった第一王子であった。


「……アルフレッド。貴様は療養中のはずだが？」

「王国の一大事に寝てなど居られません。悪魔に降伏するなどと！」

「降伏ではない、和平だ。貴様は正しい言葉の使い方すら出来んのか？」

「悪魔との和平など降伏も同じです！」

「左様左様！　悪魔に魂を売り渡したも同然ですぞパトリック陛下！」

アルフレッドに続き姿を見せた大司教が、唾を飛ばしながらヴァナルアーダを睨む。

「そんな時代錯誤な差別用語を使えば、使った方の品位が下がるだけだぞ。そもそも、大司教は主教会議によって近々更迭されるそうではないか。それもこれも、そなたの勝手な妄想のせいだとそろそろ理解したらどうだ？」

「こっ、この背教者め！」

「どの口が言うのだ……」

パトリックはもう相手にするのも面倒と、数日後には『元』が頭に付くであろう大司教から視線を切った。

「アルフレッド、貴様は自分のやっていることが理解できているのか？」

「もちろんです。新国王アルフレッドが、父王の間違いを正すのです！」

「……とうとう呆けたか、アルフレッド」

「呆けたのは父上です！　私を王にしない父上など間違っています！　間・違・っ・て・い・る・も・の・は・許・さ・れ・な・い・で・す！　間・違・っ・て・い・る・も・の・は・排・除・し・な・け・れ・ば！」

「……はぁ、もういい。アルフレッド、そなたはいま此処で廃嫡する。せめてもの慈悲に、自ら毒を呷れば王族として弔ってやるが？」

「ふ、ふふ……やはりユリアナの言う通りだ……父上は間違ってる……間違っているものは排除しなければ！」

「……もうよい。オーランド騎士団長、切り捨てよ。あれはもう王族ではない」

「はっ！」

「ふふふ、そんなことが出来ますかねぇ……？」

「アルフレッド殿下。あなた方がどうやって侵入したかは分かりませんが、笛を一吹きすれば城内の騎士団がすぐに駆け付けます。この程度の人数で対抗することなど出来ませんぞ」

「ご心配には及びませんよ、父上」

武装していた男の一人が、覆面を脱いだ。オーランドに勘当されたオルドランドだった。まるでミイラ男のように全身包帯まみれになっており、そのせいか包帯の隙間から覗く眼は不気味な印象ばかりが目立っている。

「騎士団の者たちはもうほとんど動けないと思いますよ？　井戸に薬を投げ込みましたからね」

「なんだとっ!?」

「解毒薬はこちらが握っています。命と引き換えになれば、騎士団の連中も意地を張れないでしょう。アルフレッド新王に忠誠を誓ってくれるはずです」

「オルドランドぉぉおっ！　貴様！　騎士の誇りを捨てたばかりか、騎士を犬畜生のように扱うかっ!?」

「悪いのは父上です！　騎士である俺を認めない父上が間違っているんです！　間・違・っ・て・い・る・も・の・は・排・除・し・な・け・れ・ば・な・ら・な・い・！」

『間・違・い・は・排・除・し・な・け・れ・ば・!!』

武装した男たち、アルフレッドやオルドランド、大司教も同じように叫んだ。

間違いは排除する、と。

「そうです。間違いは排除しないと」

そうして最後に会場に入ってきたのは、本来ならばこの世界（乙女ゲー）の主人公である筈の少女、ユリアナ・リズリットだった。

「だって、間違っているのだもの。わたしの思い通りにならないなんて、ぜったい間違ってるわ」

「……ユリアナ・リズリット。そなたがアルフレッドたちを誑（たぶら）かしたか」

「あら、陛下。誑かしてなんていませんわ。殿下や大司教猊（げい）下（か）は、正・し・い・こ・と・を・し・て・い・る・だ・け・

なのですから」

「……まったく。余の目はとんだ節穴だ。こんな毒を利用しようとしていたとは」

パトリックは天を仰いだ。

なまじ、能力的に優れた人間とばかりやり合ってきた彼にとって、ユリアナという少女は想像の埒外だった。男を誑かして悦に入るだけの薄っぺらい小娘が、国家転覆などという大事に関わるなどとは。

もっとも、パトリックの判断が間違いとは言い難い。

通常ならユリアナは、せいぜい社交界の隅に巣食う毒婦が関の山だったであろう。彼女が此処までエゴを肥大化させたのは、前世というチートがあればこそだ。

「……やむを得ん。会場の者たちには悪いが、荒事になる。多少の被害は覚悟して欲しい」

パトリックの言葉に、会場の者たちも覚悟した。

武装した覆面連中……貴族の私兵や聖堂騎士団の寄せ集めだろうが、数は五十人もいない。貴族の当主なら、最低限の剣術や護身術を習っている。会場の騎士たちと協力すれば、怪我人は出ても返り討ちに出来るだろう。

「止めた方がいいですよ？　そんなことをすれば、この王都がどうなるか」

ニコニコ笑ってユリアナが取り出したのは、何処か物騒な雰囲気を漂わす魔法陣の描かれた符だった。なんらかの魔法を発動させるための起動符のようだった。

「この符を起動すれば、王都の各所に仕込んだある魔法が発動します」

「……ある魔法？」

「ええ。屍霊感染(パンデミック・アンデッド)の魔法です」

『!?』

会場全体が静まった。

屍霊感染。そのおぞましい効果から、禁忌の代名詞とされる魔法だ。

アンデッド系の魔物は屍毒(しどく)や呪いといったデバフをもたらすことで忌み嫌われている。だが屍霊感染で生み出されたアンデッドは、アン・デッ・ド・を・生・み・出・す・呪・毒・を・持・つ・のだ。

つまり、屍霊感染で生み出されたアンデッドは、生者を問答無用でアンデッドに転化させ、倍々ゲームでアンデッドを増やしていく。

無論、大量に発生するアンデッドをすべて制御することなど出来ないから、都市部で使用したら術者も巻き込まれて自滅せざるを得ないが……自滅前提ならこれほど恐ろしい魔法もない。現代の地球でいうなら、ワクチンの存在しない致死性の高いウイルス兵器か、放射性物質を撒き散らす汚い爆弾(ダーティ・ボム)だ。

実際に使用しなくても、都市部で研究するだけで極刑が科される。それほど忌み嫌われている禁呪中の禁呪であった。

「皆さんの家族が、アンデッドになってしまうなんてイヤでしょう？　ですから、大人しく私たちに従って下さいね」

無邪気に笑うユリアナを、会場の者たちが信じられない目で見ていた。

屍霊感染は、ただの破壊魔法や虐殺魔法とはわけが違う。この世に残り続ける災害を生み出す魔法なのだ。

どんな大悪党、どんな戦争狂ですら悍(おぞ)ましさに恐怖する禁呪に対し、この少女はいささかの嫌悪も忌避もない。

――言うことを聞かないならイタズラしちゃうぞ？

子供が駄々をこねるような気軽さで、禁呪を脅しに使っているのだ。

そのことが、何よりも信じられない。

……間抜けなことに、第一王子と大司教も同じような顔をしていた。

なにか切り札があるというようなことは聞かされていたのだろうが、その切り札は彼らの予想を上回り――いや、大幅に下回っていたのだろう。

使ったら最後、人の歴史が続く限り愚者と明記され蔑まれるような手段を使おうなどとは、まさか夢にも思っていなかったに違いない。

「あっ、と。魔王様も動かないで下さいね？」

「…………」

一息でユリアナを消し去ろうとしていたヴァナルアーダが動きを止める。

魔王は舌打ちしつつ、ニコニコ笑うユリアナを睨み付けた。

「……余が貴様の脅しに屈する謂れはない。貴様が屍霊召喚を発動させても、余とその配下ならパトリック王や王国の重鎮たちを守って脱出するくらい出来る。その程度で余を掣肘できると思うのか？」

「出来ないかも知れませんね？　でもだから、魔王様には特別なやり方をご用意しました」

「なんだと？」

「魔王様の妹さん、到着が遅れてますよね？」

「!?　貴様ぁぁあああっ!!?」

「ご病気の妹さん……ああ、お名前はリディリィアーネでしたっけ？　どうなっているか心配ですよね？　賊に襲われたりしていなければいいのですが」

「……っ！」


ヴァナルアーダはぎりぎりと歯を噛み締めた。強く握った拳がぶるぶると震えている。最愛の妹が悪漢の手に掛かった……そんなことを想像するだけで、怒りのあまり我を失いそうだった。


「そうそう、大人しく言うことを聞いていて下さいね？　だってそれが正しいことなんですもの。魔王様はわたしの言うことに従うのが正しいんです。言うことを聞かない魔王様なんて間・違・っ・て・い・るんですから」

「……貴様、何を言っている……？」

「なるほどねぇ。それがあんたの『未練』ってわけかい？」

淀みを吹き払うような凛（りん）とした声に、会場の視線が自然と集中する。

「自分に従うやつは正しい、従わないやつは間違ってる。他人を食い物にするクズ女も散々見てきたが……そんな中でもぶっちぎりでつまらない女だね、あんた」

「……つまらないのはあなたでしょ、キリハレーネ」

腕を組み興が削がれた顔をするキリハに、ユリアナは笑みをかなぐり捨てて睨み付けた。

「何より間違ってるのはアンタよ。なんでアンタがそんな風に余裕ぶってるのよ？　アンタはわたしの玩具にされるだけの存在のくせに！　アンタは所詮――」

「所詮ただの『悪役令嬢』のくせに、か？」

「…………」

ユリアナが喚くのを止めてぴたり、と硬直した。

まじまじとキリハを見つめ、「まさか」と呟く。

「あ、アンタも転生者だったの⁉　で、でも途中までは……っ⁉　そうか、パーティ！　断罪パーティの直前に前世を思い出したのね⁉」

「ま、半分正解かな。あたしの名は和泉霧羽。キリハレーネお嬢様はパーティの直前に悪魔とやらに魂を喰われちまったらしくてね。そこにあたしの魂が入り込んだってワケだ」

「……なるほどね。やっぱりアンタは間違いだわ。わたしを楽しませる悪役令嬢の役から外れたんだから」

ユリアナは剣呑な目付きで嗤った。

当初のキリハレーネがゲームそのままの典型的悪役令嬢だったためにすっかり想定から外れていたが、転生者ならここまで思い通りにならなかったのも納得だ。

「アンタを消せば、全部元通りだわ。全部正しくなる。だって間違いがなくなるんだもの」

「舐め腐ってるなぁ、この女……アンタにとって、全部がゲームなんだな」

「馬鹿言わないで。この世界が現実だってことくらい、ちゃんと承知しているわ。だから常に慎重に動いてきた。常に安全な場所に身を置いて――」

「ああ、違う違う。まったく違う」

聞き分けの悪い子供を前にしたような態度で、キリハが『やれやれ』と頭を振る。

いちいち頭にくる女だと、ユリアナは青筋を立てた。

「ま、言っても分かんないだろう。けど幸いなことに、あたしはアンタみたいなヤツにいう事聞かす手段を分かってるからね」

そう言って、キリハがずんずんと歩き出した。

近寄ってくるキリハに、ユリアナは屍霊感染の起動符を見せつける。

「近寄るな！　それ以上近寄ったら王都に仕込んだ禁呪を発動させるわよ!?」

「あっ、そ」

「脅しだと思ってるの!?　わたしは本気で言ってるのよ!?」

「もちろん分かってる。アンタが自分以外を犠牲にすることに何の躊躇いもない女だってことは、ね」

「なら――」

「だからそういうクズ女には、こうやるんだよ!!」

脅し文句なんて何のその。ユリアナの眼前まで近寄ったキリハは、大きく手を振り上げた。

そして、一撃。

張り手ではなく、固く握られた拳が、ユリアナの鼻を潰しながら顔にめり込んだ。

「ぶっ、びゃぁぁあああああああっっ!??」

鼻を潰されたユリアナは、豚のような悲鳴を上げて転げ回る。

「うーん、すっきりした」

キリハは、便秘が解消したみたいにスッキリした笑顔で、痛みにのたうつユリアナを見下ろした。

第五十七話　ざまぁは分かち合うことで倍になる

「ごのっ、ごのっ、ぐぞが……！」

ぼたぼたと鼻血を滴らせ、ユリアナはスッキリ顔のキリハを憎しみも露わに睨み付ける。

「そんなに死にたきゃ、死ね！」

ユリアナの手にする起動符に光が灯る。
本気で禁呪を発動させようとしている彼女に、第一王子や大司教が顔を青くする。

「ま、待て――」

「屍霊感染、発動！」

起動符がぼわっと燃え上がる。発動命令は完璧に発せられた。

ユリアナは勝ち誇った顔でキリハを嘲笑う。

「このばぁか！　これで王都はアンデッドで溢れ返る。あんたもすぐにその仲間入りよ！　わたしに歯向かったことを永遠に後悔しながら彷徨う（さまよ）がいいわ！　この出来損ないの悪役令嬢が!!」

ゲラゲラと笑うユリアナ。

もし鏡があるなら見せてやりたいと、多くの者が思ったろう。

王都を地獄に叩き込んで愉快に笑う彼女こそ、誰がどう見ても『悪役』そのものだった。

「わたしには光魔法がある！　わたしはここから脱出できる。こんな間違いだらけの国はリセットよ！」

「そう上手くいくかねぇ？」

「上手くいくに決まっているわ！　すぐにここにもアンデッドが押し寄せて……押し寄せて……？」

勝ち誇っていたユリアナだが、会場の雰囲気がおかしいと気付いて周りを見回した。

会場の客に、慌てた様子がない。慌てているのは、自分が連れてきた道具どもだけだ。

肝心の連中──自分に頭を垂れない能無し共が、慌ても恐れもしていない。

いや、それどころか……。


「…………ぷっ」

「……くくっ」

「あっはっはっはっは!!」


よりによって、笑いはじめた。

ユリアナを指差し、腹を抱えて笑っている。

「ははは！　まさかここまでの馬鹿がいたとは！」

「一瞬本当にやるのかと驚いたが……くくっ！」

「あんな醜態を晒して……間抜けにも程がある！」

ゲラゲラ笑いが止まらない。

ユリアナが目を白黒させると、彼らはより一層大きな笑い声を響かせた。

誰もが皆、『この間抜け！』とユリアナを笑っている。

これでは、まるで……。

「なっ、何がおかしいのよ!? なんでわたしが笑われなきゃならないのよ!?」

「こういうことだよ」

パチンッ。

キリハが指を鳴らすと、一人の男が来賓たちの中から歩み出る。彼は居心地の悪そうな顔で口を開いた。

「……俺には王城なんて場違いですぜ、キリハの姐御」

「いいじゃないか、ヴィンゼンド。自慢話はいくらあったって困らないだろ？ あとで綺麗なお姉ちゃんたちにでも話してチヤホヤしてもらいな」

王都の闇ギルドの纏め役であるヴィンゼンドは、キリハの言葉に苦笑した。

そして、呆然とするユリアナに目を向ける。

「残念だがな、ユリアナさんとやら。あんたの仕掛けた屍霊生成の禁呪は発動しないぜ？」

「……なんですって？」

「屍霊生成に使う触媒やら何やらを買い漁ってただろう？　十種類の蛇の毒やら、乾燥させた蜘蛛の目玉やら、他にももろもろ。全部偽物とすり替えといた」

「なっ……」

「禁呪を発動させるための材料だ。堂々と買えるはずもないから、裏市場から手に入れようとするのは当然。そしてそれは、とっくに俎御が予想済みだったってことだ」

「じゃ、じゃあ……」

「あんたは偽物摑まされてイキってた間抜け、ってことだな」


収まりかけていた笑いが再燃した。

これは、まるで……そう、ドッキリに成功した時に沸き起こる馬鹿笑いだ。

そしてそのドッキリを仕掛けられた阿呆は、他ならぬユリアナである。

取るに足らないクズどもに笑い者にされ、ユリアナは頭に血が上って憤死しかねないほどだった。


「このっ……魔王！　その女を殺しなさい！」

「…………」

「早く殺れ！　あんたの妹を殺すわよ!?」

「へぇ？　どうやってだい？」

パチンッ。

再度キリハが指を鳴らすと、封鎖されているはずの会場の扉が開き、数人の人間たちが入ってきた。思い思いの装備に身を固めた冒険者たちだった。

先頭にいるのは年嵩（としかさ）ながら筋骨隆々な初老の男。冒険者ギルドのギルドマスターであるギルバート・スウィフナーである。

「よ、おっさん。首尾はどうだい？」

「問題ない。魔王陛下の妹殿下を救出するクエスト、確かに達成した」

そう言ってギルバートが背後を示すと、キリハと顔見知りの魔族の冒険者が、可愛らしい魔族の少女をお姫様抱っこしていた。

「無事だったか、リディリィアーネ……怪我はないな？」

「はい、お兄様……こちらのお方に助けていただきました」

リディリィアーネはそう言うと、自分を抱き抱える魔族の冒険者に微笑みかけた。

魔族の姫君を運ぶだけでも恐れ多くて緊張する魔族の冒険者は、リディリィアーネに微笑まれて滝のような冷や汗を流していた。

「どうだい？　そろそろお縄に――」

「キリハ姉様、最後のそれは、わたくしたちに譲っていただけませんか？」

三度目の指を鳴らそうとしたキリハにそう言って歩み出てきたのは、リッタニア、ミラミニア、エノラの元『攻略対象の婚約者』たちだった。

冷ややかな笑みをユリアナに向ける彼女たちに、キリハはうっかりミスを見つけられたように苦笑した。

「そうだったそうだった。あんたたちもこの女には怒り心頭だったものな。なら、トドメは可愛い義妹たちに任せようか」

『ありがとうございます』

三人娘はニッコリ笑うと、三人揃って『パチンッ！』と指を鳴らした。

会場に騎士たちが駆け付け、呆気に取られたままの襲撃者たちを速やかに捕縛してゆく。

「な、なんでっ!? 騎士たちには毒を盛って……」

「わたくしたち、こう見えても貴族令嬢ですよ？」

床に押さえつけられてもがくユリアナを、リッタニアがメガネのブリッジを押し上げながらニヤニヤ見下ろして言った。

「王立学園のOGには、王宮勤めの方々も多いのです。そんな先輩方にプレゼントをお渡ししておきました」

「最近は顔も広くなったしな。変な顔をされたが、みんな黙って解毒剤を受け取ってくれた」

「……女性のネットワークを侮り過ぎ。メイドはいつも見てる」

ようするに、王宮の女官ネットワークによって、ユリアナたちの目論見はしっかり監視されていたというわけだ。

これは、ユリアナには到底考えが及ばない反撃といえた。なんせ彼女にとって、自分以外の女は『自分を愉しませる玩具』でしかなかったのだ。

そんな、自分を愉しませるだけの玩具にニヤニヤ嗤われながら見下され、ユリアナの胸中を屈辱の炎が焼く。

『いいザマですね、ユリアナ・リズリット』

「!? うあああっ！ あぐっぎゃぁぁあああああああああっっ!!」

一度は自分が陥れてやった女どもから見下され、ユリアナは聞き苦しいほどの絶叫をあげた。

「こんなバカな事あるはずない！ 間違ってる……こんなのゼッタイ間違ってる!!」

「間違ってなんかいないさ。これが現実だ。ゲームじゃない」

「そんなこと分かってるわよ！」

自分の邪魔をした間違いの元凶をユリアナが睨むが、キリハは「やれやれ」と言わんばかりに苦笑するだけだった。

「いやいや、どう見ても分かってないじゃないか。アンタ、世の中のすべてが全部自分の思い通りになるべきだ、って思ってるだろ？」

「当たり前でしょ？　その証拠に、わたしはこれまで自分の思い通りに人間を動かしてきたわ。男はわたしの装飾品(アクセサリ)、女はわたしの玩具。この世界だってそうなるわ。あんたって間違いを消せば全部元通りになる！　正しい世界になる！」

「それだよ、それ。間違い(バグ)を修正すれば正しい姿になる、ってのがもう世の中甘く見てる証拠だ。アンタはこの世界をゲームと思って失敗したんじゃない。前世まで含め、自分の人生が・・・・・・ゲーム感覚だから失敗したのさ」

「何言ってんのか分かんないわよ！」

「だろうね。ま、いいさ。確かなのは唯一つ(ただひと)――あんたはもう終わり(ゲームオーバー)だ」

騎士に拘束され、連行されてゆくユリアナ。

そんな彼女に注がれる幾多の視線。彼らの瞳には、共通するひとつの感情が浮かんでいる。

すなわち――

『ざまぁ』

「あ……ああああっ!!?　間違ってる!!?　こんなの間違ってる！　間違ってるぁぁぁああああああああああああああああああああああああああああああっっ!??」

現実を否定しようとするユリアナだが、彼女がどれだけ喚いても、それは失笑され、憐れみを誘うだけだった。

それは彼女がプレイしてきたどの乙女ゲームよりも惨めで見苦しい、『断罪』された悪役の末路そのものであった。

第五十八話　断罪イベントのその後のその後

「……手間を掛けさせてすまない、キリハレーネ殿」

「いいさ、オーランド騎士団長閣下。これくらいはアフターケアってやつだ」

「そう言ってくれるとこっちも助かる」

王城の地下へ向かう廊下を、キリハはオーランドに先導されながら下っていった。

先日の『真・断罪パーティ』から三日。クーデターを起こした者たちのほとんどは処遇が確定した。

なんせ文句の付けようのない国家反逆罪だ。

判決の焦点は死刑か、死刑よりなお残酷な刑罰を与えるか、という部分にしかない。

実行部隊は問答無用で斬首された。弔うための墓も許されない極刑だ。

貴族階級は一族揃って石打ちの刑だ。クーデターを起こして国を壟断(ろうだん)しようなんて輩だから、誰も彼も領民から恨まれまくっていた。それぞれの領地に移送された後は、柱に括られ、領民たちから石を投げつけられボロ雑巾みたいになって死んでいくだろう。

主犯格の『元』第一王子アルフレッドは、少しだけ面倒な手続きが必要だった。まず正式な廃嫡が行われ、さらに王族から除籍され平民に落とされた。あとは適当に処理されて『病死』ということになるだろう。王子の身分にあった者の最期としては、ひどく屈辱的なものだ。

もっとも、本人は屈辱と思うことはないかも知れない。

何しろ拘束されてからずっと「わんわん」と鳴いてばかりで、意味ある言葉を一言も喋っていない。人間性をすべて失った者の末路と言うべき姿であった。

これは、大司教も同様だ。

彼は即座に解任の上で破門にされ、異端審問官から異端を超えて人間以下の『獣』認定された。死者を弔うべき聖職者が、死者を冒涜（ぼうとく）する死者生成の禁呪に関わったのだ。これに中途半端な対応をしたら、教会そのものの信用問題になる。

彼もすでに「わんわん」と鳴くだけの存在に成り果てていた。大司教の座を剝奪された時も、破門にされた時も、異端審問の最後に異端者の刻印が成された時も、獣の如き憐れな鳴き声を漏らすだけだった。

第一級の犯罪者たちであるが、これにはさすがに同情された。人間の尊厳を喪（うしな）った、捨てられた狗の如き有様。自業自得とは言え、見るに堪えない。

「勘当したとは言え……あんな息子の姿は見たくなかった……」

国家反逆罪は親族にまで連座する重罪だが、すでに勘当していたことから、オーランドはオルドランドの罪は適用されなかった。

とはいえ、オーランドは近々騎士団長職を辞することを決めていた。

勘当していたとは言え息子の仕出かしたことに対する後ろめたさと……人間以下に堕ちた息子の姿に心が折れてしまった。

「……これが最後のご奉公だ」

「まだ隠居する歳でもないだろうに」

自分は前世で三十路(みそじ)を手前にしてさっさと隠居した事実を棚に上げ、キリハはオーランドに苦言を漏らした。

「……宮仕えは疲れた。身を軽くして、第二の人生をはじめたくなった。そうだな……冒険者でもやってみようか」

「ふぅん……ま、決心が固いなら、あたしがこれ以上ごちゃごちゃ言うことも出来ないねぇ。

夢が出来たなら、良いことだよ」

「夢といえば、キリハ殿はこれから何を？　転生者としてのお役目はこれで終わったのだろう？」


ユリアナと対決した時、キリハが転生者であることは周知の事実になった。

気味悪がられるかと思ったが……あの場に居た者たちはあっさりと受け入れていた。

聞いたところ、この王国自体が転生者の少女の協力によって建国されたらしい。


『ああ、前々作の話ですね？　いやー、やっぱ『無印』は良かったですよね。百年前の『2』も良かったですが、『3』のシナリオがこんなザマですからね。次の『4』の時代までにしっかりと運命(シナリオ)を修正しないと』


どうやらこの世界の元になったという乙女ゲー、かなりの長期シリーズだったらしい。

この国以外にも、この世界(乙女ゲー)には転生したり召喚された少女が度々現れては歴史に足跡を刻んでいるという。

キリハが転生者だと知って、皆むしろ納得した顔をしていた。

「そうだねぇ……ま、ゆっくり考えるよ。いまはともかく、きっちり区切りを付けておかないとね」

地下階に辿り着くと、キリハはオーランドに礼を言って一人で奥に向かった。
頼りない蠟燭の明かりが憂鬱さばかりを助長させるジメジメした地下牢の一番奥には、薄汚れたドレスを着た少女が収監されていた。

「…………間違ってる……間違ってる……」

ユリアナ・リズリットは、繰り返し繰り返し『間違ってる』と呟き続けている。
三日前に拘束されてから、ずっとこの調子らしい。

「よう、元気かい？」
「!?　きりはれぇぇぇぇぇぇぇぇねぇぇぇぇぇぇぇぇぇっっ!?」

反応は劇的だった。
声を聞くや否や、ユリアナはキリハの首を絞めようと、牢の鉄格子の隙間から手を伸ばす。

自分の眼前で藻掻(もが)く爪の欠けた指を眺めながら、キリハは「へぇ」と感心したような声を出した。

「なんだ、元気じゃないか。話しかけられても反応しないからってあたしが呼ばれたのに」

「死ね！　死になさいよ！　アンタさえ死ねば！　わたしはまた――」

「お前さんに『また』なんてないよ。あんだけ大勢の人間に正体を知られちまったんだよ？　アンタに騙される連中はもういない。アンタはもう終わったんだよ」

「うるさい！　こんなの間違ってる！　こんなの間違ってる！」

「またそれか……」

キリハもいい加減、このクズ女のたわごとにはウンザリだった。

現実が認められない夢見がちな人間など珍しくもないが、この女はその中でもとびきりタチが悪い。

「ま、しょうがないわな。なんたって殺されても治らなかったみたいだしね」

「…………なにを言ってるの？」

「別に、アンタの末期を聞いたわけじゃないけどね、けど予想はつくよ。アンタはアンタの言う『間違い』に殺されたんだろう？」

「…………な、にを、言って……」

ユリアナはだらだらと脂汗を流しはじめた。

あれだけ憎しみを燃やしていた瞳が不安げに揺れている。

「覚えてないのか？　それともわざと忘れてるのか？」

「ぐ、ぐぐっ……」

「ま、どっちゃでもいいわな。そんなこと言うために来たんじゃないしね」

今更ながら恐怖らしき感情に震えはじめたユリアナに向けられたのは、虫の死骸でも眺めるような無感動な目だ。

「あんたには、二つの道がある。一つは、僻地の修道院で一生病気療養。もう一つは、無一文で国外追放だ」

「……どういうこと？」

「ウチの執事が、あんたは殺さないで欲しいって言うんだ。あんたを此処で殺すと、リソースだか、運命力だか、まぁよく分からん不思議な力が無駄になるらしいんでね。あまり大っぴらに処刑をするとフォローが面倒なんだとさ」

「…………」

「国王陛下も魔王陛下も、あたしの妹たちや兄弟分も国家反逆罪で極刑にした方が後腐れないって言ってる。あたしだってそう思ってるが、まぁ納得してもらったよ」

「……わたしに、そんな屈辱的な選択をしろっていうの？　そんなまるで……まるで悪役令嬢みたいな末路を!?」

「死ぬよりゃ良いだろ？　んで、どうするんだ？」

「どっちもおことわりよ！」

「だよなぁ。あたしもそう言うと思ってたよ」

決まりきった結果に、キリハは肩を竦めた。

条件反射で「あー、ハイハイ」とお座なりな反応だ。

ユリアナの答えは、キリハにとって見飽きるほど見てきたつまらない回答だった。

「ほんじゃ、こっちで決めるよ。もっとも、国外追放ってことになるだろうけどね。誰だって自分の側に腐ったゴミは置いときたくない」

「はっ！　上等だわ。今に見てなさい。わたしはすぐに返り咲く。わたしにかかれば皆わたしの玩具よ。すぐにこの国を攻め滅ぼしてやるわ」

「……ま、頑張んな。無理だと思うけど」

キリハは踵(きびす)を返(かえ)した。

背中にくだらない罵詈雑言(ばりぞうごん)がぶつかってくるが、キリハはもう何も反応しない。

もう終わった人間に何を言われても、何の痛痒(つうよう)もないのだから。

※　※　※

そして、キリハが訪れてから一週間後。

ユリアナは囚人用の馬車に詰められて国境方面へ移動させられた。

追放罪になった罪人に嵌められる首輪が気分をささくれさせるが、ユリアナは薄ら笑いを浮かべていた。

「……すぐに返り咲く。わたしにかかれば、どいつもこいつも玩具。わたしに利用される道具なんだから」

そしていつかキリハを排除する。そうすれば、この世界のすべてが自分のものになる。

だって、自分の思い通りになるのが正しいのだから。自分に逆らう人間が間違いなのだから。

「くくっ……あの女はどんな風に殺してやろうかしら？　手足を切り取って広場に飾ってやろうかしら？　丁寧に丁寧に壊してやらないと、わたしの屈辱は晴らせないわ…………？」

馬車が止まった。そして、外が騒がしくなる。

囚人護送用の馬車には換気用の穴しかなく、しかもいまは夜だ。

外で何が起こっているのか、ユリアナには何も覗い知れない。

「な、何が……」

「ユリアナ嬢！　無事だったか!?」

そう言って馬車の扉を開けたのは、かつては第一王子の学友で、ゲームの攻略対象でもあった宰相子息のユニオン・クレセントだった。

廃嫡されて平民に落とされ、かつての優雅さからは考えられない薄汚れて粗野な格好だが、助けには違いない。

ユリアナはユニオンから漂う異臭に我慢して彼の手を取った。


「ありがとう、ユニオン！」

「なぁに、これくらい容易いことだ」

「行くぞ、ユニオン。護衛の兵士たちが戻ってくる！」


馬を引き連れて姿を見せたのは、これまた攻略対象の一人だった、ブライド商会の跡取り息子であったイリウス・ブライドだ。

彼もまた、かつての栄光を感じさせない浮浪者じみた格好だったが、馬を引き連れているだけで救世主に見える。


「さぁ、ユリアナ！」


ユリアナはユニオンの手を借りて馬に飛び乗ると、二頭の馬は街道を降りて一気に駆けた。

どれくらい走っただろうか。

すっかり景色も変わり、深い森の陰に身を隠すようにして馬を止めると、二人の元攻略対象がユリアナを宝物を扱うように地面に降ろした。


「無事で良かった、ユリアナ嬢」

「久しぶりですね、ユリアナ」

「二人とも、よく無事で」


ユリアナは二人から漂う異臭を我慢して笑い掛けた。

一応は助けてくれた恩人だ。あのまま国外追放されていたら、最後には自分の思い通りになったとしても、いくらかの苦労は免れなかったろう。

それを思えば、笑顔くらいいくらでも売れるというものだ。


「ああ、もちろん無事だったとも」

「ユリアナを置いて、俺たちが死ねるわけないからね」


ユニオンとイリウスは、にこにこと笑っていた。

……月明かりのせいだろうか？

彼らの笑顔に陰が見え隠れする。

「……ユニオン？　イリウス？」

「ユリアナ嬢……ようやくだ。ようやく私のもとに戻ってきた……」

「もう、君を離さないよ」


すらっ、とユニオンが腰に吊った剣を抜いた。

イリウスも、懐から短剣を取り出す。

月明かりに照らされ、二つの凶器がギラリと不吉に輝く。


「な、なにを……」

「一緒になろう、ユリアナ嬢……」

「君まで失うなんて耐えられない……だからずっと一緒になろう……」


二人は笑う。

笑う。笑う。笑う……ただただ、笑い続ける。

もうそれ以外の表情を忘れてしまったように、二人は仮面の如き薄っぺらな笑顔を貼り付けていた。

「じょ、冗談じゃない！」

『ユリアナ!!』

身を翻したユリアナに、二人が斬り掛かる。

文系だった二人の攻撃を何とか躱し、ユリアナは森の奥へ奥へと逃げてゆく。

「ユリアナ嬢……待ってくれ、ユリアナ嬢……」

「もう俺たちには何もない……君だけだ、君だけだ、君だけだ……」

幽鬼じみた不気味さでユリアナを追う二人の少年。

身一つで放り出され、すでに精神が擦り切れていたのだろう。

壊れた人形の如き動きで、彼らはユリアナに縋り付く。

「なんで……なんでなんでなんで、なんでよ！　なんでこんなことになるのよ！」

喚くが、それで彼女の命を奪おうとする二人が消えてくれる訳もない。

必死で逃げるユリアナだが、夜の森など入ったこともない。走り慣れない彼女は木の根に躓き、思い切り頭から転んでしまった。

「ぐっ……ううっ……」

頭に手をやると、掌がべったりと濡れていた。
木漏れ出る月光に照らされた血の赤が、不吉なほど鮮やかにユリアナの目に飛び込んでくる。

「う、うっ、ううう……!!」

血。血。血。血。血――ユリアナはこんな色の血を、かつても目にしたような気がした。

「あ、ああ……わた、し、は……!」

思い出した。
思い出してしまった。
思い出したくもない、自分の最期を……。

『悪いけれど、もう辞めてもらえるかしら？』

前世のユリアナは、成人してすぐにホステスになった。

簡単に男を誑し込み玩具にしてしまう彼女にとって、上流階級の人間が訪れる高級クラブのホステスになるのが、成り上がる一番手っ取り早い手だと思ったのだ。

銀座の高級クラブに就職したユリアナは、その店のナンバーワンという女性を見てほくそ笑んだ。明らかに自分の方が美しい。これならこの店のナンバーワンの座が入れ替わるのもすぐだろう。

自信満々のユリアナだったが、彼女の自信はすぐ打ち砕かれることになった。

店を訪れるのは、企業家や政治家、官僚などの上流階級の男たちばかり。よりどりみどりの状況だったが、彼らはユリアナに見向きもしなかった。

これまで、ユリアナが微笑んでシナを作れば、男たちは皆鼻の下を伸ばした。

だが、店を訪れる男たちは、ユリアナに微笑まれても困ったように苦笑するだけだった。

——こんなのおかしい。

強引にすり寄るユリアナだったが、そうすると男たちは如実に離れていった。

『君はほんとうに美味しいマグロを食べたことがあるかな？　いやまぁ、牛肉でも野菜でも何でもいいんだが……一度本物を味わうとね、分かってしまうんだよ。本物か偽物か、驚くほど簡単にね。特に、この店に来るような男たちはね。我々は『本物の女』を知っている。だから分かってしまうんだ。君の微笑みが嘘っぱちだってことが、ね』

何が混入しているか定かでない成型肉でも見るような目で、とある客から忠告を受けた。合成着色料で誤魔化しても、分かる者には分かるのだ、と。

自分に利用されるしかない男に憐れまれ、ユリアナは頭に血が上った。

こんなの間違いだと、店でナンバーワンの女性から客を奪おうとしたが……ものの見事に失敗した。

『悪いけれど、もう辞めてもらえるかしら？』

経営者に呼び出されてそう告げられた。

『この店は『一流の女』しか置かないことにしている。ウチの姐さん——オーナーの意向でね。

悪いけど、あんたはこの店に相応しくない』

自分が二流なのかと言い返すと、彼女は憤るユリアナを鼻で笑った。

『二流どころか、三流以下よ。あんた、男を道具としか思ってないでしょ？　一流の女っていうのはね、男の背中に風を吹かせてやるものよ。そうやって男の価値を上げてやることで、女の価値も上がってゆく。男を発奮させるために、自分を磨くことを怠らないのが一流の女ってものじゃないか。自分を磨かず、男を引きずり落とすしか能がないあんたは、女じゃない。ただの『牝（めす）』さ』

そうして追い出されたユリアナは、他の高級店でも同じような状況に追い込まれた。見た目の美しさで採用されても、自分より劣る容姿の女性たちを追い抜くことが出来なかった。

問題を起こしては解雇される彼女は、段々と店のランクを落とし、とうとう場末で糊口（ここう）をしのぐ、見た目がいいだけの安い女に堕していた。

彼女が利用できるのは、上流階級には程遠い三流の男たちばかり。

——こんなの間違ってる。

それが彼女の口癖になった。

不満を抱えた彼女は、ある時、最初に勤めた店でナンバーワンだった女性を見つけた。彼女は高級店で身なりのいい紳士に付き添われながら、ユリアナには手出しの出来ない宝石をプレゼントされていた。

——こんなの間違ってる。あんなの間違ってる。

ユリアナは彼女を付け狙い、ついに刃物を隠し持って襲い掛かる隙を窺うようになっていた。

そして、幸せそうな顔で産婦人科へ通うようになった彼女を襲う機会が訪れた。

包丁を隠し持って近付こうとするユリアナの前に、一人の男が姿を見せた。

『○、○○○さん……ひ、久しぶりですね……』

男は、ユリアナがかつて利用し、飽きて捨てた男の一人だった。

どこか、身体が悪いのだろう。土色の皮膚をして、病人特有の甘い臭い……麝香(じゃこう)を漂わせている。

卑屈な笑みですり寄ってくる、名前も忘れた男に、ユリアナはいいことを思い付いたと笑い掛けた。

——ねぇ。ちょっとあの女を消してきてよ。

ちょうどいいタイミングで姿を見せた道具男に隠し持っていた包丁を渡し、あの女を殺してこいと命令する。

——あの間違いを消してきて。そうよ、あの女みたいな間違いがなければ、わたしは最初の店で成功していた筈なのよ。わたしがこんな間違った立場に置かれるのは、わたしを妬む女たちの妨害のせいだわ。間違いを排除すれば、わたしが成功しないわけがないのよ。

包丁を渡された男は、ぼぅ、と夢見心地の顔で反応らしい反応を示さない。

——さっさと消してきなさいよ、役立たず！　死にかけのアンタをまだ使ってやろうってわたしの慈悲が分からないの!?


『…………わん』


男は鳴くと同時に、包丁をぶすりとユリアナの腹に突き刺した。

——は？

よろよろ後退(あとずさ)り、腹を押さえると、手は血でべったりと濡れていた。

『……わん。わんわん……わぉぉおおおおっ!!』

男は包丁を振り回してユリアナを切り付けた。

腕に防御創が刻まれ、痛いと屈(かが)めば背中を切り付けられる。ユリアナはあっという間に血みどろになってゆく。

『わんわん！　わんわんわわーん‼』

言葉すら失ったように鳴く男は、恐ろしいことに笑顔だった。

すでに人間を止めた男の心など推し量る意味もないだろうが……彼は怒りや憎しみでユリアナを殺そうとしているのではないようだった。

彼はただ、宝物を守ろうとしているだけ。命すら失いかけて最後の最後に残った宝物を。

それがたとえ……メッキの剝がれた偽物だったとしても。

——こんなの間違ってる……。

ユリアナは必死に逃げた。男が追いかけて背中を切り付けてくる。

——誰か助けて……助けなさいよ、このクズども！

助けを求めたが、誰もが遠巻きにするだけだった。誰がどう見ても痴情の縺(もつ)れの果ての犯行だ。誰が見ても自業自得だ。誰もが、ユリアナを憐れみの眼で見ていた。

その中には、ついさっきまでユリアナが殺そうとしていた女性も含まれていた。

ユリアナが間違いと断じた女性が、ユリアナを憐れみの眼で見ている。

——わたしを、憐れむな……！　わたしは、敗者なんかじゃない……！　わたしは……。

よろよろと車道に迷いでた彼女は、衝撃で吹っ飛ばされて地面を転がった。トラックかバスか、大型車両に追突されたようで、身体が吹き飛んだみたいに感覚がなかった。

横映しになった視界で見た最後の映像は、彼女を殺そうとしていた男が満足そうな顔で自分の首に包丁を突き立てる顔だった。満足そうな……宝物を守りきった誇らしげな顔で、男は血を撒き散らして死んでいった。

——こんな、の……間違って……

ずっと思い通りに生きてきた。ずっと思い通りに男を動かしてきた。ずっと思い通りに女を踏み躙ってきた。これからも、ずっと思い通りの幸せを享受する筈だった。

なのに、なんでこんな風に死なきゃならない？

なんで、こんな風に惨めに死ななきゃならないのだ？

——次は、絶対に間違わない……

それが、ユリアナの前世の最期。あまりに惨めすぎる死に様の全てだった。


「……わん」

「わんわん！　わおぉぉ〜〜ん……」

そして、今もまた、言葉を失い鳴くことしか出来なくなった狗が二匹。

道具男の成れの果てが、夢見るように微笑みながらユリアナを追いかけてくる。

「……間違ってる……こんなの、間違ってる！」

前世で何度も繰り返した言葉が口を突いて出る。

ユリアナはぱっくり割れた頭の傷を押さえながら森の奥へ逃げる。

「間違ってる……間違ってる……次は絶対に間違わない……そうよ、間違わなければ幸せになれるんだから！　わたしが幸せになれないなんて間違っているんだから！」

ユリアナは森の奥の奥、真っ暗闇の暗黒へと逃げ込んでゆく。

世の中をゲーム感覚で享楽に耽ることしか知らぬ女は、何一つ気付かず、何一つ摑めず、何一つ認められないまま、何も見えない闇の中へ消えていった。

※　※　※

後日。

人為的な魔物の襲撃を受けた騎士団が混乱から回復して追跡した先で、男二人と女一人の足跡が大きな森――魔物の生息地の奥へと消えていったのを確認した。

ユリアナ・リズリットと、その逃亡幇助(とうぼうほうじょ)を行ったユニオン・クレセントとイリウス・ブライドの三人は、限りなく死に近い行方不明として処理された。

死を確認した方が良いという意見もあったが、それも形式的な提言に過ぎなかった。

もう、どうでもいい。

肉体的に生きていようと死んでいようと、世間的に死んだ人間にこれ以上関わるのは時間の無駄だ。

ユリアナ・リズリットという身の程知らずの勘違い女は、やがてすぐに人々から忘れ去られていった。

エピローグ　ヤクザ令嬢の旅はまだ始まり以下略！

「ようやく終わりましたね。紆余曲折ありましたが、おおむね良い方向に纏まりました。キリハ様には感謝しかありません」

「その前に言うことがあるんじゃないのか？」

「？　何かありましたっけ？」

「領地のこの有様について何かないのか？」

ユリアナに引導を渡したキリハは、王都からグランディア領へ戻った。

名目上はキリハが女公爵として統治する土地だ。前世で経営者として組織運営に関わっていた身としては、責任者不在の状態は皆困るだろうと思ったのだが……ほんの一週間かそこら留守にしただけで、グランディア公爵領は様変わりしていた。

「あのレールは？」

「もちろん蒸気機関車の為のものですよ！　いまはトロッコ用ですが、五年後を目処に導入の予定です！」

「人足に交じってるあのロボットは？」

「公爵名義でレンタル・リースしているゴーレムたちのことですか？　評判いいですよ！　人間が乗り込んで操作するという形がこれまでなかったですからね！　ゴーレムで一番のネックになる自律運動プロトコルの大部分を差っ引くので、製造コストもかなり抑えめですしね！」

「……あたしに散々乙女ゲームの世界観がどうのこうのと言っておいて、こんなことして問題にならないのか？」

「ちっちっちっ」

ジェラルドが「甘い、甘々です。本場イタリアの激甘エスプレッソより爆甘です！」とばかりに指を振った。

この執事、最近調子に乗りすぎでイラッとする。

「次の『4』はスチームパンクの世界観ですからね。あと百年で飛行船が行き交うようになるには、今のうちから準備しておかないと！　文明レヴェルをたかが数十年程度進ませても大した問題はありませんよ」

「……念のために聞くが、この世界の元になったってゲームはいったい何作目まであるんだ？」

「キリハ様が生まれ変わったその日に、最新作の『この愛おしい世界に慈しみをＯＶＥＲ　ＦＩＮＡＬ』が発売されてましたね」

「………それって、結局何作目なんだ？」

「それを正確に知るのはメーカーだけです。最近はスマホゲーという新しい発表の場も増えましたからね」

「それって本当にシリーズ物なんだろうな？」

だから最近の映画も好きになれないのだ。分かりやすく『Ｉ』とか『Ｐａｒｔ２』とかでいいじゃないか。

そんなだから新規の視聴者が「え？　無印なのにこれってエピソード４なの？」と戸惑う結果になるのだ。おまけに古参ファンが騙された新人にマウント取ってくる。

ナンバリングぐらい統一しろ。

――ま、いっか。

気になっただけで、剣と魔法の世界で蒸気機関車が走ろうとロボットがビームを撃とうと、キリハにはどうでもいい話だ。どうせ、これから苦労するのはこの世界の管理者であるジェラルド自身なのだ。

「あの女も退場したし、まぁ、好きにやってくれ」

「いやー、まさかキリハ様が僕の『殺さないでくれ』ってお願いを聞いてくれるとは思いませんでした。完全に殺る気でしたよね？」

「殺る気だったけど、死んだも同然の人間を殺すほど無駄なこともないからね」


キリハは殺すことを躊躇わないが、無駄な殺しはしない。あそこまで無様な醜態を晒したユリアナを殺しても、もう一文の得にもなりゃしないのだ。

それにほっといても、どうせ彼女は長く生きられない。

ユリアナは、キリハが提示した最後のチャンス、やり直すための二択すら拒絶した。あそこで自分の間違えを認められるようなら、慎ましくはあっても生きることは出来た筈だ。

……が。

彼女は結局、間違いを認めなかった。いや、人生に正解などないと認められなかった。

なら、末路は決まったようなものだ。

他人から奪い続けた人間は、最後に自分が奪われる側に回る。

あの女の前世なんて何一つ知らないが、その最期もきっとそんな感じだろう。

「ヤクの売人の多くが辿る末路だ。毟れるだけ毟られてヤクだけしか考えられなくなった中毒者は、殺してでも売人からヤクを奪おうとする。あの女も、奪い尽くされた男に命を奪われて終わるだろうさ」

「……ほんと、いちいち例えが物騒ですよね……」

「あ、勘違いするなよ？　あたしは素人にヤクなんて売らない。最近はヤクも値段が高騰してたから、素人は金にならなくなったからね。やっぱりヤクはバカな金持ちに売るのが一番さ。クズな老害が大人しくなってやりやすくなったって、あたしも随分と若い官僚や政治家に感謝されたもんさ」

「く、黒すぎる……」

「さすがは姐さんだ。やり方がスマートだな」

口笛を吹きながら執務室に入ってきたのはヴィンゼンドだった。

王都の闇ギルドの首魁は、キリハに感心したようにニヤリと笑う。

「クスリは儲かるから押し止めるのは難しい。難しいが、素人には手を出さず、けどしっかりと元を取る。お上に恩を売りながら利益も確保するなんて、姐さんは遣り手だな」

「この領地にゃ夢見心地で昇天したい金持ちも、無駄にしていい労働力もないから、ヤクはしっかり締め付けてくれよ？」

「分かってるよ。俺もクスリは嫌いだからな。扱わなくていいなら扱わないさ」

反乱で壊滅した闇ギルドの再構築をヴィンゼンドに頼んだのだが、思いがけず本人がグランディア領にやってきた。一から裏社会の秩序を作ることに、本人はかなりやる気になっている。どっかの執事のせいで急速に発展する領地に、裏社会の整備は急務なので、キリハもヴィンゼンドが来てくれて助かっているが。

「そういえば、そこの廊下で魔王陛下を見たぜ」
「もう来ている。失礼するぞ、キリハ殿」

そう言って魔王ヴァナルアーダが入ってくる。

グランディア領の一部にはすでに魔族の入植が始まっている。魔族たちの風土病である魔禍病の特効薬に関わる入植事業なので、ヴァナルアーダ自身が陣頭指揮を執っているのだ。

「アーダの大将、今日はどうしたんだい？」
「うむ……余の妹を見なかったか？　また姿をくらませて探しているのだが……」
「妹さんなら、例の冒険者に付いていったよ」

魔王の妹であるリディリィアーネは、魔禍病が完治すると、自分の窮地を救ってくれた魔族の冒険者を慕って彼のパーティに入り浸っていた。もともとが男一人に女三人というハーレムパーティだが、リディリィアーネはパーティの先輩女性冒険者にすんなり受け入れられているらしい。戸惑っているのは、リーダーである魔族の冒険者だけだ。

「……またか」

「心配なのは分かるが、あまり口煩い(くちうるさい)と嫌われちゃうぞ？　なぁ、アーダお兄様？」

「からかわないでくれ、キリハ殿。妹を心配するのは兄として当然のことだ」

「あーあ、いやだねぇ、シスコンは。そんなに妹が心配ならさっさと探しに行けばいいじゃないか、アーダお兄様？」

「……ヴィンゼンドと言ったな。キリハ殿にならともかく、貴様にお兄様呼ばわりされるなど不快極まりない。貴様こそ、忙しい身の上なのだろう？　さっさと仕事に戻ったらどうだ？」

「あ？　余計なお世話じゃボケ。お前こそさっさと出てけや」

「貴様が出て行け」

「お前が出てけ」

ばちばちと二人の男が火花を散らすのを、キリハはからから笑いながら眺めていた。

「仲が良いよな、あの二人」

「……あれを見てよく仲が良いなんて言えますね？」

「良いだろ？　わざわざこの部屋に連れ立ってやってきて何時間もああしてるんだ。仲が良くなけりゃ出来ないこった」

「いや、それは……」

「んぁ？　なんだ、ジェラルド？　その可哀想(かわいそう)な子を見るような眼は？」

「……いえ、何も」

ジェラルドはそっと視線を逸らした。

「姐御！　戻ったぞ姐御！」

「おう、ヒエン。またたくさんのお土産だな」

「うむ、リッタニアがたくさんくれたぞ！　本当に優しい少女だ！　だがいくら優しくても『いっそうちの子になりますか』というのは言いすぎだな！　さすがに我でもお世辞と分かってしまうぞ！」

「……鈍感でいいねぇ、このドラゴンは」

どの口が言うんだ、とジェラルドは内心突っ込んだが、突っ込んだら突っ込んだで面倒そうなので黙っておいた。

このザマで夢が『普通の女の子らしいこと』なんて、無謀な夢も良いところだ……。

「さて、あたしもお役御免だし、これからどうするか？　この領地も目処が付いたら返却して、気儘（きまま）な旅も良いかもね」

「あ、そのことなんですが……」

これから何をしようかとわくわくするキリハに、ジェラルドは申し訳無さそうな顔で耳打ちした。

「……実はまだ、この物語にはファンディスクがあってですね……」

「あ？」

「ヒロインが居なくなったので、そっちのフォローも……」

「いい加減にしろ、このボケェ!!」

「ぶぎゃん!?」

ヤクザ令嬢に右の頬をぶん殴られた神様の悲鳴が上がる。

「足を洗ったと思ったら、すぐまた逆戻りだ!!」

※　※　※

……果たしてこの世界は、元になった乙女ゲーの最新作まで破綻せず続いてゆくことが出来るのだろうか？

それは誰にも分からない。

人間の想像力は偉大だ。神にだって制御は出来ないのだから。

「良さげなこと言って誤魔化そうとすんじゃねぇ、この穀潰し！」

「ひでぶっ!?」

〈The Gangster Girl in Otome Game〉 closed.

あとがき

皆様ご無沙汰しております。翅田大介(はねただいすけ)です。『悪役令嬢になったウチのお嬢様がヤクザ令嬢だった件。』の二巻をお買い上げいただきありがとうございます。

世の中はコロナ禍(か)でしっちゃかめっちゃかで、もの書きはみんな戦々恐々(せんせんきょうきょう)。かく言う僕も一巻の発売タイミングにハラハラしていましたが、無事にこうして二巻をお届け出来ました。これも読者の皆様の応援のおかげです。改めて感謝いたします。

悪役令嬢ものではイロモノに分類されるだろう『ヤクザ令嬢』ですが、面白いとの言葉を多数いただきホッとしております。

なんせ、世はまさに悪役令嬢戦国時代!

目の肥えた読者の皆さんに翅田謹製の悪役令嬢が受け入れてもらえるかは博打(ばくち)そのもの。受け入れてもらえて本当に良かったです。

キリハさんは、今現在の僕が考える『格好良い女主人公』の集大成な女性です。男が『惚(ほ)れる』女傑はこうだろうという憧れの結晶。

恋愛とはまた別の『惚れた』って感情、大好きなんですよね。花の慶次的な（笑）。

命と魂を賭けるキリハさんの生き様に、作中のキャラたち同様『惚れて』もらえたら嬉しいです。

——というか、ですね？

珠梨やすゆき先生の描いてくれたキリハさんを見たら、惚れないわけがないっすよ！　カッコイイ！　ステキ！　二巻の表紙をもらったとき「勝った！」って叫んじゃいましたもん。珠梨先生には本当に頭が上がりません。素敵なイラストありがとうございます！

担当の木村様。いろいろとご迷惑をおかけして申し訳ありません（汗）。こんなちゃらんぽらんな作者ですが、本当にありがたく思ってます。ありがとうございます。

校正、出版、流通などなど、関係者の方々にも感謝を。まだまだ厳しい世相が続きますが、皆様が気持ちよく送り出してくれる作品を創るべく、これからも努力していきます。

そして、読者の皆様。皆様のささやかな気分転換になれたなら、作者冥利に尽きます。この作品が、皆様の心を明るく出来ればと願っております。

それでは、それでは、それでは。

令和二年　十一月上旬　翅田大介

電撃の新文芸

悪役令嬢になったウチのお嬢様がヤクザ令嬢だった件。2

著者／翅田大介
イラスト／珠梨やすゆき

2021年1月17日　初版発行

発行者／青柳昌行
発行／株式会社ＫＡＤＯＫＡＷＡ
〒102-8177　東京都千代田区富士見2-13-3
0570-002-301（ナビダイヤル）
印刷／図書印刷株式会社
製本／図書印刷株式会社

【初出】
本書は小説投稿サイト「カクヨム」（https://kakuyomu.jp/）にて掲載したものに加筆、訂正しています。

ISBN978-4-04-913580-0　C0093　Printed in Japan

●お問い合わせ
https://www.kadokawa.co.jp/ （「お問い合わせ」へお進みください）
※内容によっては、お答えできない場合があります。
※サポートは日本国内のみとさせていただきます。
※Japanese text only

※定価はカバーに表示してあります。

ファンレターあて先
〒102-8177
東京都千代田区富士見2-13-3
電撃文庫編集部

「翅田大介先生」係
「珠梨やすゆき先生」係

翅田大介　著作リスト

【電撃の新文芸】

悪役令嬢になったウチのお嬢様がヤクザ令嬢だった件。

悪役令嬢になったウチのお嬢様がヤクザ令嬢だった件。2

9784049135800
1920093013000
ISBN978-4-04-913580-0
C0093 ¥1300E
定価：本体 1,300円(税別)
KADOKAWA

YAKUZA REIJO

くなるね」
た元ヤクザのキリハだったが、持
も乗り越え、周囲からの評価を高
しく思ったもう一人の転生者ユリ
させるため陰謀を巡らせる。暗殺
争まで!?　より大きくなった破滅
快活劇ファンタジー、第二弾！